山西神话传说丛书

亢西民　毛巧晖／主编

牛郎织女

神话传说

毛巧晖
张　歆　◎编著

山西出版传媒集团　北岳文艺出版社
BEIYUE LITERATURE & ART PUBLISHING HOUSE
·太原·

图书在版编目（CIP）数据

牛郎织女神话传说 / 毛巧晖，张歆编著．— 太原：北岳文艺出版社，2021.9（2022.11 重印）
（山西神话传说丛书 / 亢西民，毛巧晖主编）
ISBN 978-7-5378-6442-8

Ⅰ．①牛… Ⅱ．①毛… ②张… Ⅲ．①神话—作品集—中国 Ⅳ．① I277.5

中国版本图书馆 CIP 数据核字（2021）第 174700 号

牛郎织女神话传说

毛巧晖　张歆 / 编著

//

出品人
郭文礼

责任编辑
张丽

书籍设计
张永文

印装监制
郭勇

出版发行：山西出版传媒集团·北岳文艺出版社
地址：山西省太原市并州南路 57 号　邮编：030012
电话：0351-5628697
传真：0351-5628680
经销商：新华书店
印刷装订：山西人民印刷有限责任公司

开本：890mm×1240mm　1/32
字数：100 千字
印张：4.25
版次：2021 年 9 月第 1 版
印次：2022 年 11 月山西第 2 次印刷
书号：ISBN 978-7-5378-6442-8
定价：35.00 元

《山西神话传说丛书》

编委会

总序

山西地处华北黄土高原，东有太行，西有吕梁，南临黄河，北凭古长城，物阜民丰，人杰地灵，自古就有“表里山河”之谓。山西有文字记载的历史长达三千年之久，素有“中国古代文化博物馆”之称。位于晋陕豫黄河大拐弯腹地的晋南地区，更是土地肥沃，宜稼宜穑。据考古发掘证明，早在旧石器时代，就有先民在此繁衍生息。当前，在我国发现的两百多处旧石器时代早期遗址中，有五分之四是在山西。其中最早、最具代表性的是山西芮城西侯度遗址中发掘出的火烧骨化石，证实了早在一百八十万年前，在此繁衍生息的中华民族先祖已经燃起了人类文明的第一把圣火。在运城夏县西阴文化遗址中发现的蚕茧化石，证明早在六千年前的晋南一带人们已经开始养蚕缫丝；在临汾襄汾县陶寺村西南发掘出的四千多年前的古城遗址，被学者们认为是当时东方世界规模最大的城市，很有可能就是帝尧的都城。此外，这里还有传说中帝舜和大禹的都城①，尚待考古发掘的进一步证实和探究。有鉴于此，文化学者们把晋南称之为“古中国”，而以此为中心的黄河流域便是中华民族当之无愧的发祥地和中华文明的摇篮。

在山西这片沃土上，千百年来就流传着无数优美动人的神话故事和传说。如女娲补天、帝尧教民掘井取水、大禹治水、黄帝斩蚩尤、后稷教民稼穑、嫘祖教民养蚕缫丝等等。在中国神话学界有所谓“昆仑神话”“太行神话”②“蓬莱神话”“楚神话”之说，其主体是“昆仑神话”和“太行神话”；而山西，特别是晋南和晋东南一带，正是“太行神话”流传的中心地。在山西省域流传的神话传说中，尽管包含和杂糅有前述三种神话系列的神话传说，但其核心部分则是太行系列的神话传说。因此，从某种程度而言，山西流传的神话传说，即“太行神话”，亦即上古中国的神话传说。

基于对中华民族传统文化、故土文化的热爱，山西师范大学“黄河民俗文化研究所”和“黄河文化与教育研究中心”的师生们，对山西省域内流传的神话传说以及民俗文化进行了长期、系统、深入的调查与研究，写出大量的学位论文和学术论文，本丛书就是在这些研究成果的基础之上进一步整理、加工、提升、撰

---

① 晋代皇甫谧《帝王世纪》：“尧都平阳，舜都蒲坂，禹都安邑。”蒲坂，今山西永济古称；安邑，古代都邑名，位于今山西运城。

② 又称“中原神话”。

写而成的。

本丛书所辑录、整理和研究的神话传说，从主人公的出生地及故事流传地域几方面因素来考量，大致分为以下几种情形：一种是神话传说之主人公出生地在山西，故事原生地也多在山西，主要流传于山西某地或其他地区的神话传说，如帝尧①的神话传说、帝舜②的神话传说、后稷的故事、师旷的故事等等；一种是神话传说之主人公出生地在其他地区，但在山西留下大量活动的足迹，故事的原生地是山西，主要流传于山西或其他地区的神话传说，如黄帝的神话传说、大禹治水神话、姜嫄的故事等等；还有一种是神话传说之主人公出生于其他地区，故事的原生地也在其他地区，但在山西地区有着广泛流传的神话传说，如夸父逐日、仓颉造字等等。不管是何种情形，这些神话传说的共同特点是都有着积极的思想内涵。有的神话传说，如盘古开天辟地、共工怒触不周之山、女娲造人，所反映的是中华民族的先祖们尽管对当时所处的自然环境缺乏认识和了解，也无从对这些现象做出科学解释，但他们又渴望了解和把握这些现象，并且进一步做出化害为利、征服自然的积极可贵的尝试和努力；有的神话传说所反映的是先祖们在恶劣的

---

① 帝尧出生地，国内文化学术界除“山西临汾说”之外，尚有“河北保定说”“江苏金湖说”等。

② 帝舜出生地，除“山西永济说”外，国内文化学术界还有“山东诸冯说”“河南濮阳说”“湖南永州说”。在今山西省永济市及运城市域内有许多与帝舜活动有关的地名，可视作“山西永济说”的佐证。

自然环境下，直面种种艰难险阻、生存困境，所表现出的勇于斗争、不甘屈服妥协的坚强意志和抗争精神，如愚公移山、羿射九日、大禹治水；有的神话传说反映的是先祖们在民族部落时代，面对自然和社会的敌人，在战争中所体现的崇高英雄气概，以及在治国理政、处理种种人伦关系中所表现出的贤良美德，如尧舜禅让、杨家将故事与关公故事等等；有的神话传说则彰显的是先祖们长期以来同大自然与社会斗争的伟大发明创造，以及在其中所显现的聪明、才能、经验和智慧，如帝尧掘井取水、嫘祖教民养蚕缫丝、后稷教民稼穑、羲和制定天文历法等等。

在这些神话传说中，塑造出许多形象生动、性格鲜明的人物，如仁爱贤德治国为民的帝尧、三过家门而不入的治水英雄大禹、爱情真挚坚韧的牛郎织女、忠义仁勇的关公等等，这些形象已经深深镌刻在人们心中，成为一种深厚的民族文化积淀和鲜明的民族文化标志。同时，这些神话传说的艺术表现形式也非常优美，具有经久不衰的艺术魅力。如大禹治水的神话传说：大禹为根治水患，经年奋战，三过家门而不入，吸取父亲治水的教训，改堵为疏，而最终成功治水。故事情节曲折生动，十分感人。又如愚公移山的故事，把愚公与智叟进行对比，凸显出愚公朴实、坚毅的美好品质，故事富于哲理和教育意义。

这些神话传说具有浓郁的民族特色和地方文化特色。与古希腊以及其他西方国家民族的神话传说不同的是，这些神话传说的题材反映的多是先民在上古农耕生活中人与恶劣的自然环境之间，以及不同民族部落之间为争夺生存空间而进行的斗争生活；而作为航海民族和游牧民族神话传说中常见的航海冒险之类的英雄故事在山西神话传说中则十分罕见，由此而显现出上古时期我们先祖在黄河流域的生活状貌具有鲜明的农耕民族神话的特色。此外，这些神话传说中的英雄人物也与西方民族神话传说中的英雄人物不同，他们身上所彰显的不只是武艺高强、勇武善战、视死如归的个人品质和英雄风范，同时，还更多地展现出对民族（或氏族部落）的集体责任感和家国情怀，以及为人处世方面的品质和贤德。后世中国文学中的英雄与西方文学中英雄的差异由此开启先河。

这些神话传说，是中华民族的先祖生活经历以及认识把握自我和周围世界的经验智慧的结晶，是人类思维最早绽放的文明智慧之花，可以被视作当时人们生活的“元科学”“元艺术”和“百科全书”。在千百年的流传过程中，人们把自己的生活体验、理想愿望、价值观念、审美理想凝聚其中，从而观照出中华民族成长繁衍的历史，其中深深地镌刻着中华民族的集体文化记忆，隐含着深厚的中华民族的种族基因，以及中华民族文化何以成为一种和合文化、伦理文化的深刻文化逻辑，从中我们可以找到解读中华民族文化符码的钥匙。

最后，需要我们特别说明的是，我们在搜集、研究、撰写山西神话传说与民间故事的过程中，广泛吸收和借鉴了国内许多专家和山西师范大学“黄河民俗文化研究所”师生们的研究成果；曾经受到来自山西师范大学、山西省文化科技相关政府机构以及北岳文艺出版社领导和编辑们方方面面的支持和关爱；山西师范大学文学院民俗学专业和比较文学与世界文学专业的研究生白宁、王静、卓琳、李欣静、闫慧芳、李娜、岳文凯、牛靖晶、李佳、王存弟、黄金龙、薛圆媛、杨海玉、崔楠等同学在前期做了大量的资料搜集和初步研究工作。在此，我们一并向他们表示真挚的感谢！因水平和能力所限，本丛书的不足和疏漏之处也在所难免，希望得到广大专家和读者的批评指正。

亢西民

2019 年 10 月于尧都平阳

目录

一　神话传说

二　民俗与信仰

三 文献与古迹

四 文化内涵

一

神话传说

牛郎织女传说故事[①]的产生，渗透了关于男耕女织的理想社会观念，它在民间的发展是一个阶段性的形成过程[②]。牛郎织女传说源于古人对天文的认知，夏商时期已有织女星这个星宿名称，到了西周时期，《诗经》又将其文学化。汉代以后，人们对牛郎织女传说进行新的加工和创造，反映了民间对男耕女织的观念与追求，《古诗十九首》之《迢迢牵牛星》以牛郎织女传说为题材，书写爱情别离，成为千古绝唱。东汉末年，泰山太守应劭的《风俗通》中出现了鹊鸟架桥让织女渡河的故事。至南朝宋时《齐谐记》，牛郎织女传说已经有了相对完整的情节，但此时牛郎、织女还都不是世俗之人[③]。

唐代以后，牛郎的身份逐渐发生了转变。到了明清，随着城市的兴起繁荣和市民阶层的激增，商业往来、集市贸易及与其相关的城乡庙会应运而生，大大刺激了市井文化的需求。在戏曲小说里，出现了“因情成梦，因梦成戏”的戏曲创作观。作品的思想性和“情”作为衡量戏曲美的主要标准[④]，这种审美趋向丰富了牛郎织女传说

---

① 神话、传说与故事没有绝对的界限，关于牛郎织女，有视为神话者，有视为传说、故事者。这里不做严格区分，视表述语境而定。

② 洪淑玲将牛郎织女故事的形成描述为三个时期：胚胎期、雏形期、形成期。《诗经》与古人天象想象到汉魏时期形成了人形化与离别象征，魏晋时期形成了相会之说，梁朝时故事写定。参见洪淑玲《牛郎织女神话形成的脉络》，引自钟敬文等：《名家谈牛郎织女》，文化艺术出版社，2006，第36~45页。

③ 侯仰军：《文化选择下的牛郎织女传说》，《光明日报》2014年8月2日第9版。

④ 许艳文：《论汤显祖戏曲的言情观——兼论明清戏曲发展》，《长沙大学学报》1999年第1期。

的故事情节，赋予其多维的情感面向，从人神相恋的主题逐步靠近民间爱情悲剧，成为个体意识觉醒背景下的民间话语表述。

山西地区作为“牛郎织女传说圈”[①]之一，流传的故事手抄本和戏曲韵文具有重要的研究价值[②]。2008年，和顺牛郎织女传说被列入第二批国家级非物质文化遗产名录。和顺作为“牛郎织女文化之乡”享誉全国，其美丽的自然风光、独特的地理环境、淳朴的民俗生活，与牛郎织女的传说有着千丝万缕的关系。和顺的南天池村，分布着许多与牛郎织女故事情节相重合的地域景观，如牛郎峪、牛郎沟、织女庙、南天池、南天门、天河梁、簪峪等等，成为这一地域“神话叙事”的重要参照。当地每年七月初七都会举办民俗活动来庆祝七夕节，活动隆重且热闹，“从其源起、传承、变异和衰落的整体演变轨迹中，我们可以发现七夕的递变历经了极其复杂的过程”[③]，它从最初功利性强烈的节日类型，逐渐向娱乐性转变。

---

① 刘锡诚：《试论牛郎织女传说圈——地理系统的研究》，《民间文化论坛》2015年第4期。

② 具体参见《牛郎织女的故事》，讲述：赵效仲；整理：杨迎棋，1986年采录于临汾市一带，载《尧都故事》（三），临汾地区民间文学集成编委会，1989年7月。《喜鹊遭贬》，讲述：侯学义；整理：王月香（女），1987年8月采录于襄汾城关，载《襄汾民间故事集成》（二），1987年10月。《七月七牛郎会织女》，讲述：常玉龙；搜集整理：赵喜，1988年采录于大同，载《大同民间故事集成》，山西人民出版社，1989年8月。《牛蹄印》，整理：石玉江，采录于黎城南委泉乡，载《黎城民间故事集成》，1987年9月等。

③ 陈华文：《七夕：一种积淀着民俗文化历史的符号》，《中国艺术报》2014年8月22日第S4版。

（一）牛郎织女传说的嬗变

“民间传说在千百年的流传过程中传承氛围之广、变异幅度之大超出我们的想象”[①]。牛郎织女传说的情节类型大致可分为：牛郎窃取天衣强迫织女成婚的天鹅处女型故事、兄弟阋墙的故事，以及王母或天帝破坏两人婚姻的反抗故事。

早期的牛郎织女传说

历史上的牛郎织女传说主要有两种类型。一种是贪欢型，南朝梁任昉的《述异记》[②]中关于牛郎织女传说的记载，所说的织女是天帝的女儿，年轻貌美，但常年忙着纺织不顾及自己的容颜，日子过得越来越平淡。天帝心疼织女，就将她嫁给了河西的

---

① 漆凌云：《性别冲突与话语权力——论建国前后牛郎织女传说的嬗变》，《民俗研究》2014 年第 5 期。

② 任昉撰《述异记》，湖北崇文书局开雕 1875 年。为了便于读者阅读，此处仅标识原文出处，特此说明。

一个放牛人，这个人就是牛郎。成婚后的织女只懂得享受人间的快乐，荒废织工，很少织锦，她也不想再回到无聊的天宫。天帝听说后，下令将他们分开，只允许他们七天相见一次。乌鸦传话的时候传错了，说成是每年七月七相会一次。这是目前所见关于牛郎织女传说最早的版本。

第二种是窃衣成婚型，大致内容是牛郎在家遭兄嫂虐待，分家后弟弟得牛。老牛告诉牛郎，某日织女在湖中洗澡，取走她的仙衣，不要还给她，就可以娶她做老婆。牛郎依计而行，娶到织女。婚后他们生下一对儿女。老牛临死前告诉牛郎，把它的皮留下，将来有用。后来织女骗牛郎说出仙衣所藏之地后飞走，牛郎立刻披上牛皮去追。织女见牛郎追得紧，就拔出玉簪划成天河挡住牛郎。王母或者天帝替二人说合，让两人每年七夕相会一次。这种类型的传说情节丰富、数量最多。[①]有的传说中，织女为了找回仙衣，欺骗牛郎："我那（哪）能走呢！孩子都这么大了，你快给我洗洗穿了吧！"牛郎听后便找出仙衣还给织女，不料织女穿上仙衣便离开，牛郎发现织女逃走，边追边喊："无恩义的东西！往那（哪）里跑！生了两个孩子你就逃了吗？"织女看见牛郎追得紧，赶紧向王母娘娘喊救命，这时王母娘娘正在做饭，忽听得"喊救命"，她出来一看，原来是织女。王母娘娘使用划水成河的办法，隔绝牛郎。王母娘娘问："你愿在你娘家住的日子多呢？还是在你家住的多呢？"织女说："我愿在娘家住的日子多。"王母娘娘便下令：

---

① 漆凌云：《性别冲突与话语权力——论建国前后牛郎织女传说的嬗变》，《民俗研究》2014 年第 5 期。

“那么每年七月初一至初七为你和牛郎相会之期。”“从此以后，每年到了七月初一的时候，就有许多喜鹊给他们塔成桥梁，使他们夫妻相会。到了初七的时候，他们就大哭一场，再离别开。”[①]

“中国的牛郎、织女星神话，起源甚古，在传播上形态也屡有变化”[②]，据考证，其故事中关于拔簪划成河的记载，也许在宋代就已经出现。如宋代龚明之《中吴纪闻》[③]：

昆山县东三十六里，地名黄姑，古老相传云：尝有织女牵牛星降于此地，织女以金篦划河水，河水涌溢，牵牛因不得渡。今庙之西，有水名百沸河……

在早期的牛郎织女故事中，我们可以看到，牛郎通过窃取仙衣娶到织女，这是天鹅处女型故事中的固有母题。“男子以窃取羽衣的手段强迫成婚，乃是抢亲习俗的象征性反映。女子寻得羽衣即飞去，包含着女性对母系氏族社会生活的留恋。”[④] 该母题比较完整的文献记载较早见于晋干宝的《搜神记》和郭璞的《玄中记》中的毛衣女故事：

---

① 王统照：《山东民间故事》，儿童书局，1948，第 64~65 页。

② 钟敬文：《中国的天鹅处女型故事》，引自钟敬文等《名家谈牛郎织女》，文化艺术出版社，2006，第 26 页。

③ 龚明之、朱升撰：《中吴纪闻》，孙菊园、王根林校点，上海古籍出版社，2021，第 64 页。

④ 刘守华：《孔雀公主故事的流传和演变》，见《民间文艺集刊》（第八集），上海文艺出版社，1986，第 68 页。

豫章新喻县男子，见田中有六七女，皆衣毛衣，不知是鸟。匍匐往，得其一女所解毛衣，取藏之，即往就诸鸟。诸鸟各飞去，一鸟独不得去。男子取以为妇，生三女。其母后使女问父，知衣在积稻下，得之，衣而飞去。后复以迎三女，女亦得飞去。[①]

在奔流搜集整理的《织女变心》[②]中，记述了牛郎追织女过程中两人相互争吵甚至打斗的情节：

牛郎闯过南天门，望见织女大骂道："好一个狠心的女人，我一片痴情你不顾则罢，怎么能舍得这一对孩子呢？"说着孩子也大哭起来……

牛郎见织女走去不远，挑起担子又追，眼看又要赶上了，织女拔下头上金钗，一划一道河，一连划了九道金河，把牛郎隔得老远老远。牛郎从牛耳朵里抓出九把土，他一把填平一道，九把土把九道金河都填平了。牛郎挑起担子又向前赶。

牛郎站在河岸，望望织女，又看孩子，无名怒火高万丈，拾起牛索子就朝织女掼去，一下子打在织女的心上。你看织女星怀中有三颗星不正像牛索子吗，那就是"牛索星"。而织女呢，用织布梭子回掼牛郎，却甩到牛郎的东北角上了。你看牛郎星东北

① 干宝：《搜神记》，汪绍楹校注，中华书局，1979，第 175 页。

② 《织女变心》，讲述：吴陈氏；搜集整理：奔流。首发于《民间文学》1985 年第 7 期。

四颗星，活像织布梭子，那就是“梭子星”。

董占顺搜集整理的《牛郎织女结冤仇》[①]中也有类似的表述，故事里的牛郎跟随织女到了天上生活，由于过不惯，经常生气。有一天，牛郎和织女争吵时，将牛弓向织女投去，而织女将手中织布的梭子向牛郎扔去。

类似情节在陈泳超主编的《中国牛郎织女传说·民间文学卷》中收录的关于牛郎织女的歌谣中依然可以找到。如湖北省通山县的《织女抛梭打牛郎》[②]：

日头去了落西方，犀牛望月姐望郎，南边老人望北斗，北斗七星转南方，织女抛梭打牛郎。

山东省青州市的《牛郎织女》也有相似的记载[③]：

织女待上娘家去，牛郎随后紧跟着，跟得织女急了账，手拔金簪划天河，一个划在天河东岸，一个划在天河西坡。牛郎就使拿索头打，织女回头就一梭，男打女来十分准，女打男来打不着。

---

① 董占顺搜集整理《牛郎织女结冤仇》，《民间文学》1985年第7期。

② 陈泳超：《中国牛郎织女传说·民间文学卷》，广西师范大学出版社，2008，第397页。

③ 同上书，第403页。

牛郎织女传说的当代流变

“民间总是以低调的姿态接纳国家意志对它的统治、渗透和改造，同时它又总是从漫长岁月的劳动传统中继承并滋生出抗衡和消解苦难、追求自由自在的理想的文化品格。”[①]不同历史语境中对于民间传说的搜集和整理，随着搜集者的叙事立场的变化，民间传说中的叙事与意境也会发生相应的置换。有论者指出，如今我们颇为熟悉的牛郎织女传说中，王母娘娘的迫害者形象的形成与新中国初期的戏曲改革运动密切相关。[②]艾青认为：“严肃的对待民间传说，尽可能地保留原有传说中美丽的情节，不要破坏神话的纯朴的想像”，同时要求“改写的时候必须把主题思想明确起来，把劳动、爱情、反封建这三种基本的观念强调起来。把牛郎和织女回复到劳动人民的本来面目”[③]。

比如《苏州民间故事》中记载的牛郎织女系列故事中的《黄姑村》[④]：

---

① 陈思和主编《中国当代文学史教程》（第二版），复旦大学出版社，2018，第 40 页。

② 漆凌云：《性别冲突与话语权力——论建国前后牛郎织女传说的嬗变》，《民俗研究》2014 年第 5 期。

③ 艾青：《谈〈牛郎织女〉》，《人民日报》1951 年 8 月 31 日第 3 版。

④ 苏州市民间文学集成编委会编，朱洪、卢群、潘君明主编《苏州民间故事》，中国民间文艺出版社，1989，第 30 页。

昆山县蓬朗镇市梢，有条小河叫黄姑泾，全长约四华里。两岸疏疏落落住着数十户农家，叫黄姑村。

天上的牛郎星叫河鼓，人们讹传叫成了黄姑。牛郎星就称为黄姑星。传说牛郎触犯了王母娘娘，受到处罚，降生到这个村子来受苦。下凡前，织女悄悄关照牛郎，到了人间若是想她，只要用一只荷花缸盛满了清水，朝对[①]缸里看望，水里就会出现织女的人影。

《鹤是牛郎子》[②]中：

牛郎织女让王母娘娘用一条天河分隔开来，两个小囡跟着牛郎过日子。隔了十年，儿子大了，问阿爹："人人有娘，为啥我呒不娘？"牛郎告诉儿子："你有娘的，等到七月七，到鹊桥上去寻，会寻着一个女人，鞋子头上有一滴血，就是你的娘。你喊她娘，她会应你。"说完这件事便一病不起。

这两则故事中的王母娘娘被对立化为一种冷酷无情的迫害者的形象。而在新中国成立之后公开发表的有关牛郎织女传说的作品，最早的是孙剑冰于1954年在内蒙古乌拉特前旗记录的《天牛郎配夫妻》[③]，后被《中国民间故事选》收录。这里记录的是"外父

① 原文即为此字。

② 苏州市民间文学集成编委会编，朱洪、卢群、潘君明主编《苏州民间故事》，中国民间文艺出版社，1989，第32页。

③ 贾芝、孙剑冰编《中国民间故事选》，作家出版社，1958，第100~109页。

见不得女婿，老汉要和女婿赌输赢，见高低”。这里，“外父”扮演的是一个迫害者的形象，经过几次较量，最终由于牛郎自己的一时慌乱，为了躲避岳父的追赶，用金簪划出了天河，使得夫妻分离。其后发表的是李贵廷在黔东南地区苗族中采集的《牛郎织女的故事》。到了1985年7月，《民间文学》杂志集中发表了十二篇关于牛郎织女的传说[①]。地域上涉及河北（束鹿、保定）、山东（济宁、青岛）、江苏（泗阳）、安徽（阜阳）、河南（南阳）、湖北（广济）、湖南（长沙）、四川。

如王和合搜集整理的河北省束鹿县（今河北省辛集市）的《牵牛郎和贡织女》[②]的故事：

在冀中乡下，老百姓讲起古来，常爱先说《牵牛郎和贡织女》的故事，这故事可不像戏文《天河配》里唱的那样，有好多地方大大两样哩。比方说，牛郎不叫牛郎，而叫“牵牛郎”。百家姓上没有列上姓“牵”的，所以牵牛郎并不姓牵，他姓什么谁也不知道，是说他自小就牵着缰绳放牛，因此便唤他“牵牛郎”；而贡织女哩，家住河北贡家村，姓贡，自小聪明伶俐，五岁能纺线，八岁善织布，别提有多灵透了。

①《孙守义和五仙女》《牵牛郎和贡织女》《牛郎织女结冤仇》《喜鹊传旨》《天河为什么变模糊了》《七月初七为什么下雨》《织女变心》《牛郎医生》《牛郎织女》《刘牛郎和周织女》《牵牛花的来历》等篇目。

②《牵牛郎和贡织女》，讲述：梁郭氏；记录：王和合。首发于《民间文学》1985年第7期。

而王母娘娘在故事中化身为“黑老太婆”，被王母娘娘给“收童”[①]走了。

贡织女他爹领着黑老太婆一进家，这时，贡织女正在院子里经线子，她望一眼天上的彩虹，经一遭线子，手里的七彩线比天上的彩虹还要好看！贡织女他爹是个双眼瞎，看不到黑老太婆的面目，贡织女正专心致志地经线子，也没有发觉有生人到来。黑老太婆悄悄走到贡织女身边，伸出手在贡织女头顶的小扎髻上连拍了三下，说了声：“跟我走！”贡织女便扑通一声栽倒在地上绝气而亡。

这篇故事更像是为贡织女构建一个农民女儿的身份，这一点在结尾部分也有交代：

贡织女虽说听不到牵牛郎的呼唤，可是自打她被王母娘娘带到天上，却一时一刻也没有忘掉老爹爹和乡亲们，更是想念那孤苦伶仃的牵牛郎哥。所以，以后贡织女在天廷[②]长大了，这才有思凡那一节。她同其他仙女一起商定下凡洗澡是假，寻找牵牛郎是真。要不，为什么偏偏要到牵牛郎饮牛的那条河去洗哩？贡织女并不是王母娘娘的什么外甥女，《天河配》戏文里说

① 见《牵牛郎和贡织女》，讲述：梁郭氏；记录：王和合。首发于《民间文学》1985年第7期。

② 原文即为此字。

的，是差上加差了。

从这篇故事中，我们可以看到在民间文学的阶级话语占主导地位的时代，出于反封建主题的需要，牛郎和织女被预先设定了劳动人民的阶级身份，其底层劳动者身份被确立，此前传说中划天河解救织女的王母娘娘/玉帝不可避免地被对立化为冷酷无情的迫害者形象。

牛郎织女传说的异文类型

牛郎织女在流传过程中，经过千百万口头艺术家的不断加工、修改及创作，出现了许多不同的异文。这些异文故事，归结起来，大致可以分为三类：

第一类，以朴素的幻想把牵牛和织女两颗星辰拟人化。这种故事的基本情节是织女为王母娘娘的织锦缎的女工，牛郎是天上的一个星宿。由于他们之间的恋情被王母娘娘发现，于是牛郎被贬下凡间。这类牛郎织女传说，幻想性很强，保持了古朴原始的艺术风格。

第二类，以牛郎织女故事为主，吸收和糅合了其他民间故事的内容。

一、糅合了两兄弟型的故事。牛郎的哥哥、嫂子虐待他，分家时只给他分了一头老黄牛，牛郎在老牛的帮助下娶了仙女为妻子。后面的故事内容与现在流传的牛郎织女传说[①]基本相同。

二、糅合了七仙女故事内容。在故事中，牛郎变成了其他身份的人，如董永或孙守义，织女变成了七仙女或九仙女，但故事情节基本相同。

三、糅合了巧媳妇故事的部分内容。如织女出难题让牛郎回答，答对了才成亲，答不对则不成亲。

第三类，对常见的牛郎织女故事做了较大的修改，不再是歌颂爱情的故事，反映的是其他方面的生活主题思想。如上述所引《织女变心》中，织女成了一个对爱情不忠、不爱劳动、贪图享乐的人，甚至为了重回天庭，与曾是恩爱夫妻的牛郎反目。[②]

口头文学的特点决定了民间传说的变异性。牛郎织女的故事在流传过程中，因地而异，因民族而异，在情节上产生了很多变异。一个民间传说一旦形成，便从传说的源头，涟漪般地流传扩布开去，在情节、叙述模式、人物形象等方面发生大小不等的变化。研究其变异性，对于了解民间文学反映现实的规律，以及揭示其自身艺术发展的规律都具有极其重要的意义。

---

① 基本内容为：一天，织女和众仙女们见凡间男耕女织，自由生活，十分羡慕，便一块偷下凡间洗澡。这时人间有个穷苦的小伙子，他得到他的耕牛的神奇帮助，知道了仙女下凡的消息，便偷偷藏了织女的衣裳。这个小伙子名叫牛郎。这样牛郎留下了织女，两人结成夫妻。后来王母娘娘发现了织女私下凡间的事，令天兵天将下来抓她回天庭。牛郎又得到耕牛的神奇帮助，上天追织女。王母娘娘阻拦牛郎，用她的银簪一划，立刻在牛郎面前出现一条星河，把一对情人分开。最后，王母娘娘被迫同意他们每年七月初七会面一次。

② 黄泊沧：《略谈牛郎织女故事的异文》，《民间文学》1985 年第 7 期。

（二）山西境内的牛郎织女传说

在山西境内，各地流传着大量与牛郎织女有关的传说故事，其中临汾与和顺这两个地方的传说更集中，并且具有代表性。和顺是牛郎织女传说国家级非物质文化遗产名录三个保护地之一，当地流传着诸如《南天门》《八仙洞》《相思背》《喜鹊山》《兄弟分家》《大战老鳖》《池畔娶妻》等二十余个民间传说。这些传说在当地民众的叙事与表达中，是他们所追述的“意义”，同时也在想象或构拟牛郎织女传说保护地的“文化语境”，凝铸地域的“文化传统”。

临汾

《临汾市民间故事集成》中记录：织女是天上尊贵的王母娘娘的外孙女，她内心善良，八面玲珑，心灵手巧，擅长抽丝纺线，织出的绸缎十分精美，她和她的姐妹们专门给天上的神仙做衣服。牛郎生在马家庄，因父母早逝，一直和哥嫂一起生活，帮哥嫂分担家里的负担。牛郎为人老实，做事踏实，但他的嫂子却常常刁难他和欺负他。有一天，嫂子对他说："给你九头牛去放，什么时候有了十头牛你再回来。"牛郎很伤心并苦苦哀求了许久，但嫂子最终还是把他赶了出去。牛郎独自走在去山上的小路上。他坐在一棵大树下，想着什么时候才能有十头牛呢？一两年内没有小牛犊的话他该怎么办，越想越难过，他又饿又累，于是靠着大树睡着了。牛郎做了一个梦，梦里有个白胡子老头正坐在湖边钓鱼，然后老头放下鱼竿走了过来，笑嘻嘻地拍拍牛郎的肩膀说："孩子，别难过，我告诉你，那伏牛山上有一头老牛，它原本是天上的灰牛大仙，因为私自给凡间撒了五谷种子，犯了天条，被玉帝一脚踢下来，摔断了腿，你用百花露水给它擦洗一个月，等它的腿痊愈了，就会跟你回家。"牛郎睁开眼睛后，白胡子老头已经消失了，他乖乖地照着老头说的去了伏牛山。一到伏牛山，他便看见一头老牛正趴在大石头上，他走到跟前喊了声："牛大伯。"一连磕了三个头，老牛使劲儿睁开眼睛，看了看牛郎，又闭上了眼。牛郎心想，它这是饿了，于是拔了很多草来喂老牛，等了三天三夜，老牛吃饱后，抬起头"哞"了一声。牛郎见老牛有救，就住在伏牛山照顾老牛，晚上在山洞里依偎在老牛的怀里，早上很早就去采百花帮它疗伤，一个月后，老牛的伤都好了，牛郎便把老牛牵回家。回到家后，牛郎的嫂子看到他真的赶了十头牛回来，认为牛郎偷牛回来，就打了他。

之后，牛郎白天放牛，晚上和老牛睡在一起，老牛和他很亲密。一次，马氏在饭菜里放了毒药想要害死牛郎，老牛“哞”了一声，并且摇头，牛郎就没有吃。最后，嫂子提出了分家，只给了牛郎一头老牛、一辆破车和一个烂皮箱，并且把他从家里赶了出去。牛郎牵着老牛向前走去，问老牛：“牛大伯，我们现在该走到哪里呀？”老牛默不作声，一直低头拉着车往前走，走到一棵桑树下，老牛放慢了脚步，后来牛郎在这里搭起了草棚，打算在这里定居。有了老牛的陪伴与帮助，牛郎辛辛苦苦，勤恳劳动，一年之后，终于盖起了房子。

一日，老牛突然从嘴里吐出一把豆籽，牛郎搭了架子，把这把豆籽种在了门前。没过多长时间，种子生根发芽，豆蔓爬满了架子。这时，老黄牛对牛郎说：“牛郎你快藏在架子下面，就能看到仙女，天上的仙女也可以看到你，谁要是连着七天都在看你，她就是喜欢你，想和你结为夫妻。到时候我就用车拉你上天，把她接下来和你成亲。”第二天，牛郎听了老牛的建议，夜晚的时候躲在豆蔓架下朝天上望着，他看见一群美貌的仙女正在玉池里沐浴，有一个仙女偷偷地看了他一眼；第二天晚上，牛郎还在那里偷偷看着，那个仙女独自一人来到了玉池，鼓起勇气望着牛郎；到了第三天，她又来了这里，望着牛郎微笑了许久；第四天，还是如此；第五天，牛郎看见她端出一篮蚕在手边晃来晃去；第六天夜里，这个仙女手里扶着一架织布机，但不忘看着牛郎；第七天夜里，她手里拿着织布梭子，向牛郎挥手，原来这个姑娘就是织女。

牛郎默默地喜欢上了那个在天上一直看着他的仙女，每天都盼望着可以娶回她。这天，喜鹊飞到老牛头上，叽叽喳喳地说："牛郎啊，织女叫我来报信儿，你快上去，你们快好好准备准备。"老牛憨厚地笑了，牛郎把车擦干净了套好，坐在上面，老牛四蹄悬空，腾云驾雾，往玉池飞去，到了玉池，看到织女正在等他。牛郎和织女把织布机抬到车上，织女带着放满蚕的篮子和牛郎坐在车上，一会儿便回到了家中。村里人看到牛郎娶了一个温柔贤惠的妻子，都前来祝福他。织女把她从天上带来的蚕分给大伙，并教大伙怎样养蚕、抽丝、织棉。他俩结婚后，生了一儿一女，并分别取名为金哥和玉妹。

七月初七那天，牛郎好不容易干完农活，满心欢喜地回到家中，却发现织女不见了。这时，玉妹急匆匆地对牛郎喊道："家里来了个老婆婆，带着两个可怕的人，把妈妈从织布机上拉走飞上天了。"老牛也满脸泪水地对牛郎说："你赶快去追，带着孩子们，拿上水瓢。"牛郎来不及问原因，把金哥和玉妹各放到一个篓子里，担上就跑。当看到与王母娘娘只剩下一截距离时，牛郎边跑边喊"织女""织女"，这时候，王母娘娘拔下她头上的簪子，朝身后一划，就变成了天上的一道天河，挡住了牛郎的去路。牛郎和孩子们很着急，却束手无策。玉妹这时说："爸爸，我们用水瓢舀干这天河的水去找妈妈。"牛郎说："行！"就一瓢接一瓢地舀，舀累了孩子们再继续舀。最终，他们的举动感动了玉帝和王母，允许他们一家人以后每年的七月初七相会一次，相会之时，由喜鹊搭桥。从此以后，每年的七月初七喜鹊都会飞到天河，互相咬着尾巴为牛郎织女搭桥。这时，牛郎织女免不了伤心痛苦，据说大地上的纷纷雨丝就是他们一家人的眼泪。因此，七夕看不到喜鹊，七月初八喜鹊背上的羽毛会因为牛郎和织女、金哥和玉妹踩过而脱落[①]。

和顺

山西省晋中市和顺县的牛郎峪、南天池等地据说是牛郎织女传说的发源地。“南天池村及其周围，海拔 1450 米，周围山峰奇俊，林木茂盛，百草繁荣。村东 1 公里处，海拔 1900 多米的天河梁横亘南北，气势宏伟，犹如一道屏障，将南天池村与外界隔绝，形成相对封闭的‘世外桃源’。这些独特的自然条件，为牛郎织女爱情故事的发生，提供了独有的气候环境、季节依据和最佳的背景选择。”[②]

根据当地流传的牛郎织女传说手抄本整理[③]，传说盘古开天辟

① 临汾市民间文学集成编委会《临汾市民间故事集成》，临汾地区印刷厂印刷，1989，第 241~244 页。

② 杨子荣编《三晋文明之最》，三晋出版社，2012，第 212 页。

③ 参见李超：《牛郎织女传说的在地化传承研究：以和顺县南天池村一带的牛郎织女传说为个案》，硕士学位论文，山西师范大学民俗学专业，2012，第 20~38 页。原文为根据王继生老人记录的牛郎织女传说整理而成，由于民间传说的丰富性和变异性，故而在表述中存在“七仙女”“织女”混用的现象，本书为了行文统一，统一为“织女”，特此说明。

地时，南天池是一个大盆地，中间有一个大湖，那时还没有人在这里居住。天河池山中拥有各种飞禽走兽，森林茂密，百花吐艳；阳光洒在湖面，波光粼粼，水中鱼虾成群，真是人间天堂！

仙女们在天庭很臊[①]哩，经常在云层上观看凡间热闹的场景，看到这里风景如此美妙，于是偷偷地下凡来这里玩耍。玩得累了，就在湖中嬉水、洗澡，到晾衣台晾衣，观赏风光，后人就把这个大湖叫作仙人湖，由此演绎了一段神奇的爱情传说。根据牛郎织女故事脉络总结为以下几个情节单元：

牛郎的出生[②]

传说，在很久以前有一个只有十几户人家的小村庄，男耕女织，民风淳朴。在小村庄最南边的王家与其他人一样，过着男耕女织、丰衣足食的生活。两个儿子给平凡的生活带来了欢声笑语。过了不久，妻子再次怀孕，第三个孩子快要出生的时候，天上突然传来一个惊雷，她的肚子开始疼痛，丈夫赶紧把她扶回家里，并请来了接生婆。在一家人的期待中，王家的第三个孩子却难产了。正是焦急时分，有白云飘过，落在王家小草屋的房顶上。伴随着家人的欢呼，小婴儿呱呱坠地。因为他排行老三，人们都叫他“小三”。

---

① 和顺方言，意思是冷清寂寞。

② 以下情节单元的设置参见李超《牛郎织女传说的在地化传承研究：以和顺县南天池村一带的牛郎织女传说为个案》，硕士学位论文，山西师范大学民俗学专业，2012，第 20~38 页。较其原文稍做删改，特此说明。

这里还有一个传说，听老人们说牛郎之所以在出生时生不下来，后来天上飘过一朵白云，那是因为牛郎是太乙真人转世，也有人说是牵牛星犯了天条被贬凡间，让他来人间受罚了。至于是哪种说法就不得而知了。

牛郎的艰苦生活

小三刚生下来时，母亲没有奶水，只好用谷米熬汤喂养。可巧家里养着一头母牛下了一只牛犊，母亲就用母牛的奶水喂养小三，小三渐渐长大。天有不测风云，小三四岁的时候，父亲病倒了，哥哥嫂嫂自从分家以后，就很少回家探望，只有孝顺的小三陪伴在病床前。没过多久，小三的父亲去世，只剩下小三和母亲相依为命。他们的日子过得越发艰苦，可是小三还是安慰母亲说："娘，你别伤心，我现在能干活了，等我再长大一点，娘就不用愁哩。"母亲听到小三的话，心里暖烘烘的，手摸着小三的头说："真是个切特[①]孩儿，娘要抬将[②]你长大哩，娘会好好生活下去！"虽然生活十分艰苦，但是母子俩过得倒也平安无事。时间一年一年过去了，小三也一天一天长大了，由于小三每天都会在村庄附近砍柴放牛，久而久之，被叫作了"牛郎"。

兄弟分家

牛郎母亲的身体渐渐不抵。因为牛郎的两个哥哥成家后，变

---

① 和顺方言，意思是乖巧。

② 和顺方言，意思是抚养。

得越来越圪抠[①]，总寻思着老屋院里的家产。一天，牛郎的两个哥哥相跟着来到老屋里，对母亲说："娘啊，家里人口多了，小三也长大了，不如咱们把家分了吧！"母亲听了，心里就像被圪针[②]扎了似的，心想：牛郎的哥嫂一直不待见牛郎，自己的身体也是一日不如一日，万一将来有个三长两短的，牛郎又是个憨厚娃，今后可咋哩办啊。心里一急，又着了些风寒，就病倒在炕上。

老牛说话

牛郎放牛回来，看到母亲病倒了，心急如焚，就去找哥嫂帮忙，然而哥嫂百般推脱。牛郎翻出了所有的积蓄，还是不够给母亲看病的，他失望地坐在院子里，听到家中的老牛在叹气，便抚摸着老牛说："老黄牛啊老黄牛，我真的是没有办法了，如今母亲生病，我却没有足够的钱，只能把你卖了。"牛郎牵着老黄牛刚走到村口，听到身后有人说话："牛郎啊，你哥嫂将家里的都带走了，快回家看看吧。"牛郎回头却不见人，走出几步又听到声音催他回家，才知道是老黄牛在和他说话。这老黄牛本是天上的金牛大仙，但是由于触犯天条被贬凡间，因为与牛郎日夜相伴，实在不忍心看到他受欺负，就好意提醒他。牛郎急忙跑回家，果真看到哥哥嫂嫂在翻家里的东西。牛郎气急了，大喊了一声："你们这是干什么呢！娘还在生病，你们就来拿东西。"他的嫂子张干[③]地说："我

---

① 和顺方言，意思是小气。

② 和顺方言，意思是荆棘。

③ 和顺方言，意思是尴尬。

们这不是怕你去请医生没钱吗，来看看有什么值钱的啊。”就在这时候，牛郎母亲睁开眼睛见此情形，对牛郎说：“牛郎啊，算了，不要闹了，娘的身子不行了，迟早有一天都会这样的，你去请你舅舅来分家吧。”说完便咳嗽不止，牛郎把母亲安顿好之后，哭着跑去了南天池金牛凹。

舅舅分家

牛郎的舅舅青似海，在南天池开了一家盐杂小铺勉强度日，看到牛郎来了，奇怪地问道：“牛郎啊，你怎么不在家放牛，来我这里了？”牛郎见到舅舅就忍不住眼泪，哽咽着说：“舅舅，我娘快不行了，请你去分家。”青似海听了之后，了解到姐姐无法逃脱命运安排，于是对牛郎说：“好吧，牛郎，我跟你去，不管我怎么分，你都要听我的。”牛郎点点头同意了。两人一起回到牛郎家，青似海拉着姐姐的手说：“你放心吧，我会照顾好小三的。”说完之后对牛郎的哥嫂说：“你们母亲都病得这么严重了，而你们却还争执而分家，现在我给你们分，房院归老大所有，物品归老二，而那头老黄牛就给老三吧，但是你们先要给母亲看病。”牛郎的哥嫂一听，都同意了。老大说：“那牛郎怎么办啊，我可没办法养活他。”青似海说：“这个你就不用管了，小三去金牛凹住，省得受你们的气。”老大听了，连忙表示同意。当天晚上牛郎的母亲就离开了人世，牛郎安葬完母亲后，牵着老黄牛跟着舅舅去了南天池金牛凹。到了之后，仍然是放牛打柴，生活得自由自在。

牛郎邂逅织女

南天池的仙女湖碧波荡漾，湖边经常会有天上的仙女玩耍嬉戏，玉皇大帝非常恼火这种行为，就派四海龙王把仙女湖毁掉，由于虾兵蟹将们偷懒，天河梁下便留下了天河池这潭清水。这天，牛郎像往常一样上山放牛，突然看到一朵彩云落到了水池边，云上走下几位花容月貌的仙女。牛郎看呆了，从此以后总是魂不守舍。一天晚上，他做了一个梦，梦中有位仙女，穿着粉色的裙子对他笑着说了许多话。突然天上飘来一朵云，仙女就赶快驾着云飞走了，临走时还看了他一眼。牛郎惊醒后，心想："如果能每天见到这位仙女就好了。"

老牛献计，牛郎偷衣

老牛见牛郎每天没精打采，便对他说："牛郎，明天仙女们会下来洗澡，到时候你就藏在树后边，把粉色的裙子拿走，你就能找到妻子了。"牛郎听了老黄牛的话很激动，第二天早早地等在树后边，他看见有一朵云飘了过来，下来几位仙女，那个穿粉色裙子的仙女特别漂亮。等到仙女们都去水池里洗澡的时候，他拿走了那件粉色衣服，直奔到山坡的森林里。

仙女寻衣，喜鹊说媒

仙女们洗完澡之后，准备穿上仙衣回天庭，这时织女发现自己裙子不见了。她暗自着急，没有衣服就回不去天上，于是呼唤喜鹊仙子来帮助她寻找衣服。天河山上飞来一只喜鹊，变成了少女模样，织女着急地对她说："我的衣服找不见了，你帮我找找。”喜鹊仙子想了想说：“你别着急，刚才我看见有个年轻人偷偷摸摸地跑向山林了。如果是他拿的，我帮你找回来。”织女连忙道谢，喜鹊就飞走了。牛郎这时还在焦急地等着见织女，正在这时，有个少女出现在他身后，并问他：“我是喜鹊仙女，你在这里做什么？”牛郎吞吞吐吐地说不出来。喜鹊便问：“是不是你拿了织女的衣服？”牛郎眼睛一亮：“那个仙女叫织女啊？她来了吗？”喜鹊仙女笑着说：“你把她的衣服拿走了，她如何能来，快把仙衣还来。”牛郎看了看怀里的仙衣，鼓足勇气对喜鹊说：“喜鹊仙子，我上次在天河池上见到了织女，便对她思慕已久，朝思暮想，我拿走她的衣服只是想见她一面。求你成全我吧。”喜鹊仙子被他的真诚打动，又问他：“她是天上身份尊贵的仙女，而你只是一个穷放牛的，你怎么能给她幸福呢？”牛郎连忙说：“我会盖房种田，给她一个幸福的家，只要能和她在一起，让我做什么我都愿意。”喜鹊仙子很感动，愿意为两人牵线。喜鹊仙子带着仙衣回到了池边，便对织女如此这般地说了一番，又说：“天宫里清寂冷清，这个放牛郎对你也是情深义重，倒不如去见见他吧。”织女同意了。

互诉衷肠，结为夫妻

喜鹊带着织女来到林中，织女见牛郎是个俊俏的少年，心生爱慕。牛郎和织女在林子说了很长时间话，一直到傍晚，织女终于被感动，并对牛郎说，愿意和他一起回家，牛郎高高兴兴地带着她下了山。牛郎的舅舅见外甥带回一个美丽的仙子，很是替他高兴，为他们筹办了婚礼。

牛郎和织女成婚后过着幸福的生活，男耕女织。牛郎每天早上都要去喜鹊山放牛、种田，他还从山上采回石头，打算盖房子，织女在家里养蚕，并教村里的妇女们纺织，村里的人们都夸织女心灵手巧。不久，他们有了一儿一女，舅舅给男孩起名宝童，给女孩起名秀儿。一家人在一起，虽说日子过得清苦，却也其乐融融。

天帝动怒抓仙女，财神善心把信传

眨眼间，七年过去了，王母娘娘终于还是知道了织女私自下凡与凡人结婚生子的事情。她十分生气，便命令托塔李天王、哪吒及天兵天将下凡去抓织女。天上的财神听到这个消息后，连忙飞下人间，化作老农，跑到织女家告诉了她这个消息。舅舅青似海想出一个办法，对织女说："你去村口喊上牛郎，带着两个孩子，躲到八仙洞里去，或许能躲过此劫。"织女听完，赶快带着一双儿女跑向山里，看到牛郎在山上放牛，着急地对他说："天上要抓我回去呢，舅舅让我们去八仙洞躲躲，快走吧。"

李天王奉旨抓仙女，张果老拍驴把事乱

天上，托塔李天王和哪吒以及众神已经逼近八仙洞，突然烟尘四起，遮住了视线。原来是八仙在林中休息，突然听说天兵天将要来抓织女，都很气愤。张果老正在倚着毛驴打盹，突然被惊醒，非常生气，骂道："刚想睡个美觉，偏偏被这帮人吵醒，只许你们管闲事，我也管管闲事。"然后向毛驴屁股上拍了一下，嘴里说道："去去去，去山坡上打滚去。"毛驴仿佛明白了张果老的意思，在喜鹊山旁的土坡就地打起滚来。一时间尘土飞扬，天兵天将们无法分清方向。牛郎织女带着孩子趁机躲到了八仙洞里。李天王将宝塔掷向石崖，石崖顿时崩塌，石块滚滚，很快夷为平地。从此，这里变成了寸草不生的荒原。哪吒火轮枪一戳，便戳倒了半个山头，仍是没有找到牛郎织女的踪影。天王怕生变故，收兵回了天庭。牛郎织女暂时躲过劫数，悄悄地隐藏在八仙洞里生活，两个孩儿紧随父母左右，寸步不离。

王母娘娘亲率兵，牛郎织女无奈分

托塔天王回去复命，玉帝十分生气，命众仙联合下凡，务必抓回织女。牛郎织女刚刚在八仙洞中过了一年，又到了分别的时候。这天一早，黑云压境，青似海预感有大事要发生，忙赶到八仙洞，欲叫牛郎织女离开。就在这时，黑云中传来阵阵雷鸣，童宝和秀儿被吓坏了，哇哇大哭。

王母娘娘率领众天兵，并指挥千里眼搜寻织女的下落。千里眼观遍群山沟壑，把目光投向八仙洞，见织女一家果然躲在此处，便大喝一声："大胆织女，竟敢违抗天条私自下凡，该当何罪？现随吾等返回天宫，接受处罚！若敢不从，休怪吾手下无情！"众八仙算到天兵抓织女后，前来帮忙，张果老让毛驴打滚尘烟漫漫，风婆婆见状，轻吹一口气，沙尘消失不见，最终不敌众，向南海逃去。

织女见到这种情形，又怕伤及无辜，忍住眼泪对孩子们说：

“你们不要害怕，娘很快就回来。”说罢走出洞外。“天王，我跟你回去，但是你要保证不伤及无辜，放过我的孩子们和百姓们。”李天王说道：“你要是能跟我回去，我倒可以为你徇些私情，留这些人一命。”李天王大喝一声：“来人，捉将起来！”从李天王的身后走出两名天兵，上前将织女捆绑飞向天宫。此时的织女回头看着村子，失声痛哭：“牛郎！牛郎啊！你以后要多保重啊！你一定要将孩子们抚养成人，今生你我无缘再走下去，来生我们再相聚吧！”李天王轻哼了一声，便召集天兵们收兵回天庭复命。

牛郎一心追织女，老牛牺牲助牛郎

老黄牛看到天兵要将织女带回天庭，渐渐地躁动起来，时不时发出哞哞的声响，并用那粗壮的蹄子踏着土地。牛郎走上前去问：“老牛你这是怎么了，怎么如此的烦躁啊？”老牛开口说：“牛郎，你若真是想追织女，难道就不担心天神天煞吗？”“只要能够追回我的织女，让我做什么我都不怕！”老牛说：“好吧，那我就成全你。牛郎，你披着我的皮囊可保你肉身，用我的蹄髈便可腾云驾雾，我的角顶在你的头上，天兵便不能接近你。你用扁担带着孩子们追织女，一定要按我说的做。”老黄牛说完，“哞”地对天长呼一声，倒在地上死了。牛郎抱住死去的老黄牛放声大哭。青似海走过去对牛郎说：“不要难过了，快去做准备吧，可不要辜负了老黄牛的一片苦心啊！”牛郎听完以后止住了哭声，对着黄牛的尸体拜了三拜，随即将牛皮、牛蹄和牛角取下来，按照老牛的嘱咐，将牛皮披在身上，牛蹄绑在双脚，牛角顶在了头上，并用扁担担起两个孩子，临行前对着舅舅道："舅舅，我这一去可能会有什么不测，原谅孩子不能为你尽孝道，愿来生为您当牛做马报答您的恩情！"牛郎向舅舅道别后，双脚发力飞向南天门。

王母磨簪划天河，赶山聚山成山梁

天兵押着织女回天庭的路上，织女不时地回头张望，时不时地发出一阵阵哭泣声。突然听见身后隐约传来牛郎的声音："织女，织女，我来救你。"李天王顿时一惊，用天眼向后一看，居然是那个凡人追了上来了，他觉得不可思议。牛郎很快便飞到了天兵的不远处，大声喊道："快放了织女，还我织女。"李天王把手里的宝塔一挥："来人，将来者擒下！"身后的天兵天将一声"得令！"拥向牛郎。就在此时，牛郎顶的双角放出一道道金光，使得天兵天将无法睁开双眼，甚至没有气力拿住武器。李天王见状，大为吃惊，立即意识到牛郎法宝的厉害，即刻下令："快将情势报于王母娘娘。"王母娘娘按住云头，向下看去，只见牛郎穷追不舍，而织女也挣脱了天兵的束缚向牛郎奔去，就在两个人即将相遇的那一刻，懊恼的王母娘娘拔出头上的金簪，在河谷中的巨石上磨了磨，顿时金簪放出了万道金光。随即王母用金簪在牛郎面前的天空用力一划，哗啦一声巨响，牛郎面前出现了一道天河。王母娘娘又命令赶山大王阻拦牛郎的追赶。赶山大王将四面大山聚拢在一起，形成一道大山梁，此时，牛郎面前出现一条宽宽的银河和一座高高的山梁。牛郎再次用脚用力一蹬，可无论如何用劲，在这银河与大山面前都无可奈何，前行不了半步！牛郎非常急躁，站在河边大喊道："织女！织女！"他们的两个小孩也拼命地呼喊着"娘亲"。织女看着天河对面的亲人，顿时心里一阵抽痛，如同万把钢刀扎在心上，可面对天河的阻挡却又无可奈何。牛郎也只好眼睁睁地看着织女被带回天庭，从此他俩便被阻隔在天河两端，而那天正好是七月初七。

观音大士来求情，七月初七来相会

织女被押到了灵霄宝殿，早已哭喊得没了气力，跪倒在玉帝和王母面前。玉帝阴着脸说道："大胆，竟敢私自下凡，还与凡人结婚生子，违背天庭纲领，你可认罪？"殿上的文武百官皆同情七仙女，可在玉帝王母的面前又不敢为其求情。

另说八仙驾云去南海拜见观音菩萨，将牛郎织女的故事以及王母将其捉回，强行拆散这段美满的姻缘的由来细说了一番，请求菩萨能够将他们解救。菩萨为他们的忠贞爱情所打动，答应八仙的请求，驾着祥云去向南天池。在灵霄宝殿上，突然一声清脆的"阿弥陀佛"，只见空中霞光万道，南海观音大士走出。玉帝王母与文武百官皆起身相迎："参见观音大士。"观音大士缓缓说道："我佛有好生之德，二人命中注定有此姻缘，今我特地前来为织女求情，饶织女不死。"观音还将织女传艺人间等事讲述出来，王母听后有所心动，并碍于观音的一片苦心，遂按照观音之意，请玉皇大帝准许牛郎织女每年七月初七相见一次。玉帝想想也只好答应，王母说道："这天河非一般人可以渡过，又不可在此架桥，如何让他们相会？"观音大士微微一笑："此事我自有安排。"说罢，走到了织女面前，望着跪在地上的织女轻叹一声，说道："织女，刚才我所说之法，你可听到？"织女深深一拜道："织女听到，感谢观音大士救命之恩。"观音大士接着又说："今后你二人只可在七月初七那天相会，平时谨守天规，不可造次！""是，织女谨记。""善哉！善哉！"说罢，观音大士便脚驾祥云飞向天河，不一会儿来到天河边。见到牛郎坐在河边抱着儿女失声痛哭，观音大士说："牛郎，你抬起头来。"牛郎抬头发现竟然是观世音菩萨，即刻拉着孩子跪倒在地道："救苦救难的观世音菩萨，求求你救救织女吧，让我们一家人能够在一起！"观音大士说："牛郎啊，你们二人今生注定有此缘分，我刚已向玉帝求情饶织女不死，不过你们二人今后只能在每年的七月初七相会，倘若你不愿意，可返回凡间重新生活，你若愿意的话，今后你们父子三人只能守候在天河边，不可再返回凡间。"牛郎听罢，立马给菩萨磕了三个响头，"我愿意，只是怕苦了我们的两个孩子！"宝童和秀儿这时说道："爹，我们不害怕，我们想和您待在一起，等着跟娘亲见面。"

鹊桥相会

牛郎答应了观音菩萨的要求之后，紧紧抱着两个孩子，对观音菩萨说："多谢观音菩萨成全！只是这天河如此宽阔，我们夫妻如何相会？"观音菩萨说："此事我自有安排。"说完，手中柳枝轻轻一挥，挥开脚下云雾，口中念念有词，不一会儿，从下面飞来一个人，牛郎一看，原来是喜鹊山中的喜鹊仙子。观音对喜鹊仙子说道："牛郎织女二人凡间私订终身，你也有一定的责任，每年的七月初七，命你率子孙为牛郎织女建设鹊桥为其见面，不得有违。"喜鹊仙子忙说："不敢，不敢，谨遵法旨!"等一切都安排妥当后，观音转身对牛郎织女二人说："牛郎、织女，今后你们要好自为之!"说完之后，脚踏七彩莲花，飞向南海去了。

从此之后，牛郎织女相隔两端互相思念对方，每逢七月初七，喜鹊为其搭桥相会，次日喜鹊们浑身湿漉漉的。原来织女每当与牛郎分离之时，总会留下不舍的眼泪，泪水散落人间，成为雨水降落人间[1]。

---

① 李超：《牛郎织女传说的在地化传承研究：以和顺县南天池村一带的牛郎织女传说为个案》，硕士学位论文，山西师范大学民俗学专业，2012，第 31 页。

（三）牛郎织女传说起源地之争

作为我国四大传说之一的牛郎织女传说，自先秦到现在已经流传了两千多年，由此产生了盛行于各地的“七夕”“乞巧”等重要民俗活动。在传承过程中，牛郎织女传说显示了民间叙事的多样性和复杂性。自2003年起，我国启动了“政府主导，社会参与”下对非物质文化遗产的保护和普查。而在2003年10月联合国教科文组织通过的《保护非物质遗产公约》框架下开展的“国家级非物质文化遗产名录”的申报和认定，在新的形势下重新激发起了关于牛郎织女问题的大讨论。“不同立场的论者都有了较大的视野开掘和理论提升，除了对古文献的解读对学科建设的贡献外，地方学者在保护文化多样性和文化可持续发展的理念下对有关牛郎织女的地方文化资源的开掘，大大地丰富了我们过去在牛郎织女传说上的狭隘眼界。”①

---

① 刘锡诚：《试论牛郎织女传说圈——地理系统的研究》，《民间文化论坛》2015 年第4 期。

牛郎织女传说起源地，据杜汉华在《“牛郎织女”流变考》中考证，目前可知的大约有河北鹿泉、江苏太仓、山东沂源、日本福冈、山陕蒙黄河河套、昆仑神话、汉水襄阳南阳诸说[①]。

其中，“河北鹿泉说”的依据是当地有个“抱犊寨”，相传得名因有叫二小的放牛郎赶着老牛，抱着初生牛犊上了山寨，感动了天上的金牛星，在金牛星的帮助下，牛郎与天上的织女喜结良缘，当地许多地方也流传有牛郎织女的传说故事。据《史记·淮阴侯列传》与《元和郡县志》，此山汉代叫“萆山”。因“后魏”战乱，有百姓藏山中“抱犊而死”，“遂名抱犊山”。金代在山上建寨屯兵，又有抱犊寨之名。“江苏太仓说”的根据是宋代《中吴纪闻》《吴郡志》的记载，相传这里曾有“牵牛织女星精”降临，建有“牵牛织女”祠庙，当地百姓形成了七夕“乞巧会”习俗。“山东沂源说”据沂源县旅游局介绍，当地有始建于唐代的织女洞、牛郎庙等古建筑，这些“根据”的历史都太短，太单薄，而且是孤证，没有显示出“牛郎织女”传说和七夕节起源地应有的深厚底蕴[②]。

山西省和顺县地处山西省东部，至今松烟镇南天池村一带

---

① 此为关于牛郎织女传说起源地的一种说法，参见杜汉华：《牛郎织女流变考》，转引自钟敬文等著、陶玮选编《名家谈牛郎织女》，文化艺术出版社，2006，第92页。

② 杜汉华：《牛郎织女流变考》，转引自钟敬文等著、陶玮选编《名家谈牛郎织女》，文化艺术出版社，2006，第94页。

仍保留着“七夕文化”的诸多记忆。以和顺南天池村为轴心，半径两公里至三公里之内，与牛郎织女传说故事相关的地名有十多处，这些地名与牛郎织女传说相对应，形成了一条完整而生动的故事情节链。天河梁、牛郎峪、南天池与磨子峪（簪峪）是地方志中早有记载的地名或村名，其余地名及相关景物名称均长期流行于民间，如今能见到的有牛郎沟、牛郎洞、天河池、牛郎庙、织女庙、南天门、金牛洞、老牛口、牛头山、相思背、喜鹊山、八仙洞、驴打滚、磨簪石等等，还有如今已毁圮的王母娘娘庙、李天王塔遗址等。

传说中，织女下凡沐浴的天河池位于天河梁山腰处，是长期山水冲积而成的水塘，池边石缝中山泉汩汩，经年不息。石缝中生长出一株椴树，主干已于百年前被锯，支干如今已长成合抱之形。有关专家称，该树至少有五百年历史。椴树后有两座山石垒砌的小庙，即村民所言牛郎庙与织女庙，形态原始，巍然独存。

南天门是传说中织女沐浴的必经之地，也是后来天兵天将下界落地之处。观其旧址基石，门庑浩大，大约建于明清之际。旧南天门毁于抗日战争时期，如今的南天门是1962年南天池大队重修的，距原址东移约四米。经过长期的历史积淀，如今牛郎织女传说已经成为当地村民信仰和生活的一部分。

这些起源地流传的牛郎织女传说，大体可分为两部分，“一部分是关于天上的仙女（织女）与地上的牛郎自由婚配而后被天帝或王母划银河将其分开不得相见，因而演为悲剧结局，只在每年的七月初七借助于鹊桥相会的故事；另一部分，则是牛郎织女传说与地方风物相粘连和结合的地方风物传说”[①]。这些历史遗迹常常唤醒民众的记忆，甚至成了当地重要的“地方性知识”。

① 刘锡诚：《试论牛郎织女传说圈——地理系统的研究》，《民间文化论坛》2015 年第 4 期。

二

民俗与信仰

牛郎织女传说让人们体验到人生聚少离多的永恒悲凉，从中顿悟生命中的诗意，从而产生为了永恒团聚而祈求的美好愿望。七夕乞巧民俗事象的产生，依循着两条传承线路的发展轨迹，其一,七夕节由原先的农事祈丰行为进一步发展，逐渐衍化为乞求智巧；其二，由于牛郎织女传说的深入人心，人们对于织女的怜惜和爱慕使得七夕节衍变出乞巧的事象。

（一）七夕节的起源及发展

形成时期

夏商周以前，人们出于“天人感应”的观念认为地上有“汉”（汉水），天上亦有“汉”（天汉、银河），汉水两岸的襄阳南阳都是农桑发达的丝绸之乡，北有伏牛山、南阳牛，南有夷陵西陵嫘祖，这样对地上农桑之神的崇拜转到了天上，就和天上的星星对应了起来，命名为“牛郎织女”星。

在汉朝时期，七夕节最主要的乞巧习俗产生，七夕节的习俗得到了发展。在这个时期，牛郎与织女的神话故事与之前的故事相比而言，有了新的变化，我国的七夕节俗也渐渐地形成。

汉中王刘邦定鼎长安，仿照天上的星辰建设自己的宫殿，把牵牛星、织女星的石人塑像建到了自己的宫苑之中。所谓“昆明之池，左牵牛而右织女，似云汉之无涯”[①]，这样让牵牛星、织女

① 萧统编《昭明文选》，华夏出版社，2000，第 1045 页。

星的石人隔池对望，会促使人们对他们之间的关系产生想象及联想。汉武帝时期，牛郎和织女之间的关系变得更加亲密，农历七月初七汉武帝与西王母多次聚会的传说故事也在这个时候出现，这些现象表明了农历七月初七已经成为一个吉祥、美满的日子。

东汉时期，牛郎与织女传说传播的范围更广，从《古诗十九首·迢迢牵牛星》中可以看出，牛郎和织女的传说已经基本定型。"迢迢牵牛星，皎皎河汉女。纤纤擢素手，札札弄机杼。终日不成章，泣涕零如雨。河汉清且浅，相去复几许。盈盈一水间，脉脉不得语。"[1]诗里所描述的故事情节清晰完整，这首诗中充满了贤惠的织女对牛郎的深切思念，以及不能与牛郎相聚的深深悲痛。从诗中的描绘，我们可以看到，在东汉时期，人们认为牛郎和织女之间有恋爱关系，银河是阻碍牛郎与织女相聚的障碍物。

东汉，牛郎和织女的传说故事成为人们绘画和雕刻的重要题材，河南南阳出土的东汉石画，上方刻着河鼓三星，下方则是持鞭牵牛的牛郎，牛郎左下方是头挽高髻端坐的织女。牛郎与织女的结局由悲剧演变为喜剧，从表面上看，是牛郎织女故事的情节发生了变化，但实际上，这种变化表达的是人们对美好情感的一种向往，不管这个社会如何限制人们的行为规范，也不能遏制人们对美好爱情的向往和追求。

---

① 徐陵编《玉台新咏》，成都古籍出版社，1982，第 160 页。

汉代时期，七夕节有了进一步的发展。这一时期，七夕不仅转变为岁时节日，七夕的主要习俗——“乞巧”之俗也在此时逐渐成形。相传，在汉高祖时期，宫女出宫后，还会向人们提起宫中每年七月初七的盛景。在这一天，宫中人们载歌载舞，用五彩丝线相羁，举行一种叫“相连爱”的活动。综上记载来看，“穿七孔针”即为后世的“乞巧”，“相连爱”则是七夕节爱意相连的象征。

同时期产生的，还有一种名为“斗巧”的习俗。据史料记载，宫女们会在七夕这天聚集在开襟楼上，共同学习穿七孔针。流传最广的乞巧游戏就是“对月穿针”“穿针乞巧”，这种游戏是让女子们比赛穿针，要求女子用彩线穿七孔针，谁穿得越快，就意味着谁能乞到的巧越多。“七月七，晒棉衣”的习俗同样始于汉代。据记载，汉武帝时期，每年七月初七让宫女在楼上晒棉衣等衣物。关于汉代七夕节习俗的记载很少，但是我们从现有的文献中可以看出，七夕节中最重要的民俗活动——乞巧已经产生，七夕节已具备传统节日的特质。

发展时期

魏晋南北朝时期，七夕节习俗与牛郎织女传说进一步融合，经过唐宋时期的盛行发展，元明清时期更加成熟，七夕节最终成为中华民族重要的民间传统节日之一。

魏晋南北朝时期，牛郎织女传说与七夕节俗进一步结合，并开始成为大众节日，习俗活动也逐渐丰富，传说故事口耳相传。这个时期是我国历史上大变动大动乱时期，百姓常年流离失所，苦不堪言，百姓所追求的黄发垂髫、怡然自得的美好生活也难以实现，于是转向祈求神灵。因而，七夕节在魏晋南北朝增加了祈求富贵、长寿、生子等习俗。

与此同时，鉴于百姓对牛郎织女坚贞爱情的向往，七夕节已成为大众的情感寄托。七夕原有的禁忌已然渐渐消逝，七月初七成为百姓阖家团圆、祈求幸福的日子。这一时期，有关七夕节俗的记载层出不穷，如宋孝武帝的《七夕诗二首》、梁简文帝《七夕穿针诗》等。随着社会历史的不断发展与演进，七夕传统习俗也在发生变化，如汉代的登楼晒衣习俗到魏晋时演变成为晒书习俗。《世说新语》曰："郝隆七月七日出日中仰卧。人问其故？答曰：'我晒书'。笺疏云：《玉烛宝典》卷七及《太平御览》卷三十一并引崔寔《四民月令》曰：'七月七日曝经书及衣裳。'故赫隆因此自谓晒书。"①由此种种记载可见，七夕民俗此时已有极大的影响力。

七夕节的饮食习俗约形成于魏晋南北朝时期，最早的相关文献是晋代周处的《风土记》，文中记载七月初七是个好日子，这天的饮食也不同于以往，北人会吃汤饼。汤饼又称'不托'，是

---

① 刘义庆：《世说新语笺疏》，刘孝标注，余嘉锡笺疏，中华书局，1983，第803页。

一种经水煮过后的面块等简单的食物。唐宋时期，七夕食饼又出现变化，《唐六典》记载：“七月七日加斫饼……并于常食之外而加焉。”[①]南宋时期，人们在七夕这天主要吃精细的千层饼和油酥饼等，其饮食风俗背后也包含着许多文化内涵。首先，饼是圆形的，古人认为“圆，阳物也”，阳物有辟邪的功能，以求吉祥之意。其次，圆还暗示在七夕之夜牛郎织女鹊桥相会，有团圆之意。因而古人把七夕饼也叫作“巧饼”。

鼎盛时期

唐宋时期，七夕习俗活动成为百姓们重要的习俗活动之一，由于其形式丰富多样，深受百姓喜欢。长安城每年七夕盛行各种节俗活动，王仁裕《开元天宝遗事》载：“帝与贵妃每至七月七日夜在华清宫游宴，时宫女辈陈瓜花酒馔，列于庭中，求恩于牵牛织女星也。又各捉蜘蛛，闭于小盒中，至晓，开示蛛网稀密，以为得巧之候。密者言巧多，稀者言巧少。民间亦效之。”[②]宫中的妃嫔宫女们会用九孔针、五色线在月下进行穿针比赛，第一个穿过的为得巧。同时还有音乐演奏，通宵达旦。陈鸿《长恨歌传》中记载：“秦人风俗，是夜（指七夕）张锦绣，陈饮食，树

---

① 李林甫等：《唐六典》，陈仲夫点校，中华书局，1992，第 446 页。

② 王仁裕：《开元天宝遗事》，中华书局，1985，第 16 页。

瓜华，焚香于庭，号为‘乞巧’。”[1]说明乞巧习俗在宫廷中表现得尤为突出，唐玄宗甚至在宫中建了一座乞巧楼。崔颢诗云：“长安城中月如练，家家此夜持针线。仙裙玉佩空自知，天上人间不相见。”这首诗描写了当时长安城七夕节的盛况。据上述文献记载，我们可以看出，当时无论宫廷还是民间对乞巧活动都非常喜爱。

宋代以后，随着小农经济、农耕文明的不断演进，七夕节的活动内容较之前更为丰富多彩，既保留了历代传承下来的求灵巧、看巧芽、水浮针、拜魁星等风俗活动，又出现了许多带有群体性娱乐性质的活动，如《天河配》《长生殿》中提到的节令戏。

宋代罗烨、金盈之编辑的《醉翁谈录》中提道：

七夕，潘楼前卖乞巧物。自七月一日车马嗔咽，至七夕前三日，车马不通行，相次壅遏，不复得出，至夜方散。嘉祐中，有以私忿易乞巧市乘马行者，开封尹得其人，窜之远方。自后再就潘楼。其次丽景、保康诸门及睦亲门外，亦有乞巧市，然终不及潘楼之繁盛也。夫乞巧楼多以采帛为之。其夜，妇女以七孔针于月下穿之，其实此针不可用也。针褊而孔大，其余乞巧，南人多仿之[2]。

① 陈鸿：《长恨歌传》，见汪辟疆校录《唐人小说》，北京联合出版公司，2016，第143页。

② 金盈之撰、罗烨编《新编醉翁谈录》，周晓薇校点，辽宁教育出版社，1998，第15页。

由此，我们可以看出当时七夕节热闹盛大的景象。宋代的七夕节是一个很隆重的传统节日，当时许多文人著作中都有相关记载。

成熟时期

元代，七夕节多被称为“女儿节”。据记载，明代七夕时，民间“女子以碗水暴月下，各自投小针浮之水面，徐视水底月影，或散如花，动如云，细如线，粗如椎，因此卜女之巧。”① 清朝时叫“掷花针”,主要用松针来卜巧,此习俗一直保留到近代。据《清嘉录》记载，人们在庭中或露台上陈设香烛和各种果实，对牛郎织女二星进行膜拜，以此来乞巧。七夕节这天到处有热闹的庆祝场景。从宋元到明清，七夕节的活动日益丰富多彩，并且成为重要的民间节日。

明清时期，七夕的饮食习俗十分丰富，江西七夕节吃“油饼”，喝“巧水”；在陕西省兴平县，年轻女子在七夕节要盛上水果、酒、豆芽等，来祈求织女赐巧；在陕西，家中有女孩的家庭还要用瓜桃枣梨等来供奉牛郎织女；而福建地区人们在七夕节这天要吃心饼；广东人家有互相赠送龙眼、槟榔结缘的习俗。

近年来，七夕节重新受到人们的重视，是由于人们对爱情

① 丁世良，赵放主编；张军等编《中国地方志民俗资料汇编·华北卷》，书目文献出版社，1989，第5页。

这个话题的钟爱，而七夕节所依附的牛郎织女的爱情故事，以及故事中所表达的“两情若是久长时，又岂在朝朝暮暮”的爱情理念，受到广大民众的推崇。同时，受到西方情人节的启发，传统七夕节也在进行着现代转型，被赋予新的文化内涵，很多人将其称为“中国情人节”。但是，我们应该明确一点，七夕节并不是“情人节”，牛郎织女传说中虽然有爱情的要素，但爱情并不是牛郎织女传说的主题，甚至在其缘起时与爱情毫无关系。七夕有着丰富的文化内涵，我们不能单纯地把七夕节作为“中国情人节”来继承发展。

七夕文化给予我们丰富的文化遗存，其自由神圣的爱情观、积极进取的精神、勤奋朴实的劳动观等一系列价值观念，具有很重要的现实的意义，而这些在不同时期的历史文化中反复出现，展示出其永恒的文化魅力。

（二）七夕节的民俗活动

七夕节的主要民俗活动是妇女乞巧。早在西汉时期，宫中就开始流行起以穿七孔针为主要内容的乞巧风俗。《西京杂记》载：“汉彩女常以七月七日穿七孔针于开襟楼，俱以习之。”[①] 注释曰：“七月七日，织女会牛郎的传说，于汉代即流传。《风俗通义》曰：‘织女七夕当渡河，使鹊为桥。’而天下女子则有穿针乞巧的风俗。”[②] 到了魏晋时期，乞巧节俗内容开始向多样化发展。除了祭拜牵牛、织女星，观二星神相会，还有守夜祈愿，祈求福寿子嗣。到了南北朝时期，又出现了蛛丝乞巧风俗。到了唐代，七夕乞巧之风大盛。到了宋元时期，七夕节俗中融入外来文化因素，在北宋都城汴梁城形成了专门买卖乞巧物品的市场，称为乞巧楼[③]。

---

① 刘歆撰，葛洪辑抄：《西京杂记》，周天游校注，三秦出版社，2006，第 29 页。

② 同上。

③ 王永平：《七夕家家乞巧忙——七夕节俗的起源与文化内涵》，《文史知识》2018 年第 8 期。

一方水土养一方人，不同地区关于七夕节的民俗活动不尽相同，但由于流传时间、地域存在差异，因而出现博大精深、源远流长、丰富多彩的民俗活动，其从内容上主要分为七夕祈愿、曝衣晒书、制药养生、升仙访道、穿针乞巧、乞子、宴游、登高等。

七夕节祈愿

在众多的七夕节习俗中，最著名的便是乞巧习俗，这个习俗最早产生于汉代，汉代以后，文献中对“乞巧”习俗的记载有很多。从古至今，经常传说姑娘养蚕、织绸得的技艺，都是织女从天宫中传授下来的。所谓“乞巧”就是女子对自己的一个美好祝福，祈求手巧，擅长女红。女子乞巧织女的目的主要是为了祈求自己心灵手巧，祈愿美满团圆，向织女乞巧，表明织女具有灵巧、智慧的神性；同时，还有很多有情人在七夕这天祈求爱情美满、幸福甜蜜；读书人在这天祈求功成名就。这些不同的祈愿，反映了织女的不同神性和人们处在不同阶段时的心理。

据《荆楚岁时记》记载：“七夕，妇人以彩缕穿七孔针，陈几筵酒脯瓜果于庭中以乞巧。或云，见天汉中奕奕白气，有光五色，以为征应，见者便拜，得福。”[①]再如《中华全国风俗志》下篇卷七记载广州七夕时的盛景：

---

① 宗懔：《荆楚岁时记》，宋金龙校注，山西人民出版社，1987，第118页。

广州风俗，綦重七夕，实则初六夜也。诸女士每逢是夕，于广庭设鹊桥，陈瓜果，焚檀楠，爇巨烛，锦屏绣椅，靓妆列坐，任人入观不禁，至三更而罢，极一时之盛。其陈设之品，又能聚米粘成小器皿，以胡麻粘成龙眼、荔枝、莲藕之属，极精致，然皆艺事，巧者能之。惟家家皆具有秧针一盂，陈于几，植以薄土，蓄以清泉，青葱可爱，乃女伴兼旬浸谷，昕夕量水，凭炎热天时酝酿而成者？睹此觉中土“谷雨浸谷，芒种莳秧”之说，犹滞古谚，拘于地、囿于时也。[1]

曝衣晒书习俗

据文献记载，七月初七这天，古人有曝晒衣物和经书的习俗。此类文献记载多以月令类文献为主，所以此类风俗的最初起源应该与古人依据月令行事有关。多方资料证实，魏晋南北朝时期，曝衣晒书的习俗在上层文人志士之间普及，刘宋宫廷甚至还设有专门的“曝衣阁”机构，以上这些都显示出统治阶层对七夕的高度重视。随着文士阶层的不断加入，较之原来在农事活动当中亦具有一定意义的七月初四、初六，七月初七的重要性显然日趋加深。活动阶层的增多，导致活动群体扩大，七月初七民俗活动日益丰富多样化。如沈佺期《七夕曝衣篇》描写的是宫中月下

① 胡朴安：《中华全国风俗志》（下），岳麓书社，2013，第654页。

晒衣风俗："宫中扰扰曝衣楼，天上娥娥粉红席。曝衣何许曛半黄，宫中彩女提玉箱。"[①]崔国辅《七夕》："阁下陈书籍，闺中曝绮罗。"[②]

升仙访道

记载升仙访道这类民俗活动的资料，多以"故事"类、"小说"类文献为主，后世书中对此亦多有辑录引用，表现出大多数编撰者的共同喜好。其最核心的内容有两点：其一，帝王生日安排在七月七日；其二，求仙者上自帝王、下至普通民众与神仙相会或升仙之日亦在七月七日。此外，《汉武帝内传》[③]载武帝与西王母在七月七日夜间相会。

及即位，好长生之术，常祭名山大泽，以求神仙。元封元年正月甲子，祭嵩山，起神宫。帝斋七日，祠讫乃还。至四月戊辰，帝夜闲居承华殿，东方朔、董仲君侍。忽见一女子，著青衣，美丽非常。帝愕然问之，女对曰："我墉宫玉女王子登也，向为王母所使，从昆山来。"语帝曰："闻子轻四海之禄，寻道

① 连波，查洪德校注《沈佺期诗集校注》，中州古籍出版社，1991，第 35 页。
② 崔颢、崔国辅：《崔颢诗注 崔国辅诗注》，万竞君注，上海古籍出版社，1982，第 20 页。
③ 班固：《汉武帝内传》，钱熙祚校，中华书局，1985，第 1~2 页。

求生，降帝王之位，而屡祷山岳。勤哉！有似可教者也。从今百日清斋，不闲人事，至七月七日，王母暂来也。”帝下席，跪诺。言讫，玉女忽然不知所在。帝问东方朔：“此何人？”朔曰：“是西王母紫兰室玉女，常传使命，往来扶桑，出入灵州，交关常阳，传言玄都。阿母昔以出配北烛仙人，近又召还，使领命禄，真灵官也。”

《列仙传》[①]卷上亦记王子乔七月七日降于“缑氏山巅”。

王子乔者，周灵王太子晋也。好吹笙作凤凰鸣，游伊、洛之间，道士浮丘公接以上嵩高山。三十余年后，求之于山上，见桓良曰：“告我家，七月七日，待我于缑氏山巅。”至时，果乘白鹤驻山头。望之不得到，举手谢时人，数日而去。亦立祠于缑氏山下，及嵩高首焉。

在上述记述中可以看到，无论是上层社会还是普通百姓，均有求“仙”的热情。然而帝王的生日附会到七月七日，神仙的降临也选在七月七日这天，这与道家的道教思想有很大的关系。

① 刘向：《列仙传》，上海古籍出版社，1990，第 9 页。

多样化的乞巧民俗

对“乞巧”风俗较早的书面记载见于南朝时的《荆楚岁时记》，其曰：“七夕妇女结彩缕，穿七孔针，陈瓜果于中庭以乞巧。有蟢子网于瓜上，则以为得巧”。[①] 七月初七这天是牛郎织女相聚的日子，在这天晚上，妇女们比赛穿七孔针。七孔针的针尾有七个针孔，七夕节的时候，妇女们把彩线穿过它的针孔。另一种蛛丝乞巧风俗是一种以蜘蛛结网于瓜果之上，视其疏密程度。到了明清时期，“乞巧”也会在白天进行。清朝时，“乞巧”有了更多形式，在吴中，女子们会以“巧果”案陈于庭前台上，焚香拜月拜星，乞得灵巧。如清代徐珂的《清稗类钞》中记载了广州七夕的盛景：“七月初七日，牛郎会织女之佳期也。广州人尤重视之，凡家有闺女者，必拜七夕，所费颇不资，以物品陈设多者为贵，任人游览”。[②] 尽管各个朝代和各个地区的乞巧活动都不尽相同，但它们都有一个共同之处，那就是乞巧节是中国妇女自己的节日。在这天，妇女是活动的中心，她们享受着游戏的快乐，并传达了美好的祈愿。较为常见的乞巧活动如下：

穿针乞巧

传统的穿针乞巧活动在南北各地都很流行。如《太平御览》

① 宗懔：《荆楚岁时记》，宋金龙校注，山西人民出版社，1987，第 117 页。
② 徐珂：《清稗类钞》（第 1 册），中华书局，1986，第 40 页。

卷三十一《时序部·七月七日》记载"《舆地志》曰：齐武帝起层城观，七月七日，宫人多登之穿针，世谓之穿针楼"[①]。诗文中也有许多描写七夕穿针之俗，如北周庾信《七夕赋》[②]对北方地区的乞巧风俗进行了细致的描绘：

兔月先上，羊灯次安。睹牛星之曜景，视织女之阑干。于是秦娥丽妾，赵艳佳人，窈窕名燕，逶迤姓秦，嫌朝装之半故，怜晚饰之全新。此时并舍房栊，共往庭中。缕条紧而贯矩，针鼻细而穿空。

其注释五中谈及：

《西京杂记》曰："戚夫人侍儿贾佩兰……说在宫内时……七月七日临百子池，作于阗乐。乐毕，以五色缕相羁，谓为相连爱。"又曰："汉采女常以七月七日穿七孔针于开襟楼，俱以习之。"[③]

浮针试巧

据明代人刘侗、于奕正《帝京景物略》卷二记载："七月七

① 李昉等：《太平御览1》，上海古籍出版社，2008，第404页。
② 庾信撰《庾子山集注》（第1册），倪璠注，许逸民校点，中华书局，1980，第79~80页。
③ 同上书，第80页。

日之午丢针，妇女曝盎水日中，顷之，水膜生面，绣针投之则浮。则看水底针影，有成云物、花头、鸟兽影者，有成鞋及剪刀、水茄影者，谓乞得巧”。[①] 此时的乞巧活动把乞巧的仪式从夜晚一直延伸到了白天。到了七月初七这天，女子们会用盆盛水曝晒，直到水面凝出一层薄膜，再把平时常用的绣花针投入水中，女子们通过观察水面上针在盆底的影子来看自己是否“得巧”。清代徐珂的《清稗类钞》记载："七夕，宫中设果桌祭牛女，皇后亲行拜祭礼。其神牌曰：牵牛河鼓天贵星君，天孙织女福德星君。孝钦后尝命以盆盛水，置日光中，取小针数枚投之。针浮水面，则观盆底影，以验人性之巧拙。"[②]

蛛网补巧

人们把蜘蛛放进一个盒子里，庭院中成列瓜果，看蜘蛛是否结网，并根据网的疏密程度来判断得巧的多少。蜘蛛又叫“喜子”，寓意吉祥，蜘蛛补巧又被赋予乞求喜乐的含义。《武林旧事》云：“妇人女子，至夜对月穿针，饾饤杯盘，饮酒为乐，谓之‘乞巧’。以小蜘蛛贮盒内，以候结网之疏密，为得巧之多少。”[③]《梦粱录》卷四记载：“七月七日，谓之七夕节。其日晚晡时，倾城儿童女子，不论贫富，皆著新衣。富贵之家，于高

① 刘侗、于奕正：《帝京景物略》，孙小力校注，上海古籍出版社，2001，第104页。

② 徐珂编撰《清稗类钞》（第1册），中华书局，1986，第39~40页。

③ 周密：《增补武林旧事》，朱廷焕增补，周膺、吴晶点校，当代中国出版社，2014，第70~71页。

楼危榭，安排筵会，以赏节序，又于广庭中设香案及酒果，遂令女郎望月瞻斗列拜，次乞巧于女、牛。或取小蜘蛛，以金银小盒儿盛之，次早观其网丝圆正，名曰‘得巧’。”[①]

搭建彩楼

人们乞巧之前搭建的楼台叫开襟楼，南北朝时梁及唐宋后称此楼台为“彩楼”“穿针楼”“乞巧楼”。这种楼台用作七夕穿针乞巧之用，也可以做观看牛郎织女相会、听其私语之用。《开元天宝遗事》卷下《乞巧楼》[②]记载宫中风俗：

宫中以锦结成楼殿，高百尺，上可以胜数十人，陈以瓜果酒炙，设坐具，以祀牛、女二星。嫔妃各以九孔针、五色线，向月穿之，过者为得巧之候。动清商之曲，宴乐达旦，士民之家皆效之。

---

① 吴自牧编《梦梁录》，商务印书馆，1939，第23~24页。

② 王仁裕：《开元天宝遗事》，中华书局，1985，第24页。

（三）山西境内的七夕节俗

七夕作为一种民俗事象，它的产生、发展以及传承演变有着多种因素。以上探讨了关于七夕节的发展与众多民俗活动，这些节俗在各地又有各自的演变发展，但其追求美好生活、祈求平安幸福的寓意大致都相同。在山西各地的七夕习俗也有所不同，以下列举了一些山西地区的七夕民俗活动。

在山西省岢岚地区，七夕之夜，除了女子穿针以外，书生也要执笔，这也是一种乞巧活动，只不过书生祈求的不是心灵手巧、纺线织布，而是金榜题名。传说七月七日是魁星的生日。魁星是一个与文事相关的星宿，又名魁首，尊敬魁星是想考取功名的读书人都认同的一件事，因此在七夕时节祭拜魁星，为自己考试顺利祈福。古代士子中状元时称“一举夺魁”，就是因为魁星主掌考运的缘故。在屯留，童子们要把蜘蛛放在中庭，以“乞文”，希望自己能够文采出众。

在绛县，每家每户都要蒸面食，男子之间互相赠送用面做的砚台，女子们则互相送用面做的针线筐，童男童女们一起乞巧，但是不需要祭物。不仅如此，人们还要晒衣、曝书。在吉县，童男童女们以弓矢和针线来向织女乞巧。不管乞文的主体是成年男子还是童子，我们都可以从中看出传统的科举及仕宦道路对民众的深刻影响。这种观念在民众的意识中早已根深蒂固，因此，总是与人们的民俗活动密切联系在一起，希望能够通过神灵的庇佑来帮助自己走向成功。

据清光绪年间的县志记载，在翼城还有一种独具地方特色的乞巧仪式。在农历七月初七，妇女们将针线盒与新鲜水果摆在桌子上放在庭院里供奉牵牛星和织女星，然后用面捏成猪首、砚、针线筐等的样子，蒸熟后进行供奉，最后将这些供奉后的东西吃了，百姓们希望吃下什么样东西，就可以获得关于这个东西的能力，用这样的方式得巧。比较幼小的男孩和女孩还要"蒙絮被下，旁以锣鼓震使昏，能作写字拈针状"。这种做法称为"缠花架"。

在平陆县，人们在女子耳边敲金鼓让她们昏迷，女子们闭上双眼进行针刺，等她们醒来的时候，就说自己看到了织女。如果没有看到就会受到家长的责备。

在猗县临晋镇，百姓们会用干草编扎牛郎与织女的草人，并给牛郎与织女的草人穿上特制的新衣，"其不经者，布裹幼女头，令小儿鸣鼓锣，使穿针整线度巧"。未婚女子或童男童女参加这样的活动，实际上反映了这一地区民众对神灵的一种态度和观念。他们普遍认为，只有身心纯洁的人和没结婚的女性或年龄幼小的孩童才可以真正和神灵发生对话、联系，并认为这种对话和联系的结果比较准确、可靠。

在山西平定等地区的幼女要用面制成禽鸟状，坠果为戏，名之为“巧食”。这里的人们认为吃下这种食物后，能变得聪慧。在榆社，人们要举行“牛女会”。黎城县的人们祭拜的范围略有变化，除了参拜织女星，还会参拜牛郎星。七夕这天，在山西和顺等地，处女要用瓦器生五谷芽，以供牛郎、织女“乞巧”。临汾县（今山西省临汾市尧都区）民众在过七夕节时，童男和童女都要参加专门为节日所设置的瓜果筵，共同乞巧。虞乡镇（山西省永济市虞乡镇）村中多有织女像，在这天，人们都会供奉瓜果，即“献巧娘”。在万泉、荣河县（今山西省万荣县），妇女甚至会装扮成牛郎、织女的样子荐瓜果。

除了这些，七夕这一天，百姓们还要进行其他与乞巧相关的活动。在盂县，人们要放河灯，即把油灯横列于河岸上，或放置于瓢中，浮游于水上，可以保持数十步不灭。乡宁的民众认为，这一天的天气适宜，要将衣服拿出来晾晒，以免生虫。在文水县，七夕这一天老百姓们会在田地里挂纸。在七夕这一天，左云县鼎榆宫的道士要做黄箓火会，建斋设醮。

民国时《临汾县志》已有记载：“七月七日，设瓜果筵，童男女乞巧。”[①] 当今临汾市尧都区流传有一首民谣：

---

① 刘玉玑、关世熙主修《临汾县志·点校本》（珍藏版），方志出版社，2016，第 95 页。

年年有个七月七，天上牛郎会织女。伢本事一对儿好夫妻，是谁硬把伢分开的？看把伢俩恓惶的，三百六十天才见一回哩！老天爷你可得行好哩，叫伢俩团圆到一搭里。

这首民谣，经常在七夕之夜，由姑娘们唱出来。它反映出人们对牛郎织女离别之苦的怜悯，希望二人相聚。

临汾民间还有“年年有个七月七，天上牛郎配织女”的民谚，蒲剧有传统剧《天河配》。七月初七的夜晚，成群的姑娘围在院子里，呈上瓜果，一起向织女星祈祷，向她祈求高超的手艺，同时希望织女保佑自己变成心灵手巧的艺人。同时还需要织一条五色丝线，在星光下，向上穿七枚，穿得上，就是精巧的，穿不上，就是不精巧的，以此来证明各人的巧拙。有的姑娘便集中于葡萄架或瓜架下，抬头看天空，等着牛郎、织女在鹊桥见面。这时情人也多有幽会，姑娘们乞巧时，总是唱着民谣，相互逗乐：

甲：一穗儿谷，两穗儿谷，女儿蹲在茅子里哭。

乙：女儿女儿你为啥哭，你心里有气我给你出。

甲：我妈不与我留头发，我爸不与我寻婆家，七十留发八十改（嫁），一过门伢叫我老奶奶！

乙：当了老奶奶架子大，秃儿瞎孙子都把你怕，谁都不敢敬奉你老奶奶，你就戳上他几拐拐。

甲：我也不作为老奶奶，我也不碰人以拐拐，只想要寻找一个好的人家，卿卿我我过到一疙瘩。

乙：呀儿哟，咦儿哟，你欣赏的人儿是哪一个？

甲：是哪个人儿你早知道，麻烦你把口信与他捎……

民谣情意绵绵，反映了旧时代深闺少女向往婚姻自由的美好愿望。

在山西和顺县，七夕节是一年里很重要的节日，时间从七月初一一直到七月十五，会举行一系列的习俗活动。随着社会的进步，七夕节民俗被注入了许多现代元素，当地民俗活动更加丰富多彩，吸引了更多外地人和年轻人的关注。

从七月初一开始，初一到初二这两天是迎织女。在和顺县历来就有一年打扫两次房子的习俗，一次是过年前的大扫除，还有就是每年的七月初一。在这天，家家户户都要打扫卫生，扫除尘土，贴窗纸，贴窗花，迎接织女回家。除了大扫除，这天人们还会把放在柜子里的衣物拿出来晒一下，据说这一天晒过以后的衣服不会生虫子，比卫生球等驱虫药物都管用。

七月初二全县还会举行评选“七仙女”的活动，选美经由村民委员会推选、乡（镇）政府筛选、县里决赛等三个环节，决出七名美女为当地的“七仙女”，其中最优秀的为织女。评选出的“七仙女”为村民们崇拜的偶像，不仅容貌姣好，而且心灵手巧，剪纸、布艺、刺绣、针线活样样精通，技艺超群，同时还要孝敬公婆、乐于助人、家庭和睦、对爱情的专一，这个活动的开展为全县建设和谐社会起了巨大的促进作用。

和顺在七夕有生豆芽乞巧的习俗，七月初三这天，人们开始进行生豆芽的活动。据《和顺县志》记载，“处女用瓦器生五谷芽，向牛郎织女乞巧”①。村民把麦粒、绿豆、黄豆等泡在瓦器中，上面蒙上湿布，每天还要用凉水涮一次，等到七月初七就会长出嫩芽，长出的豆芽形状都不一样，有的像针，有的像剪刀，有的是刀剑的形状，各种各样，人们通过看豆芽成影的方式向织女乞巧。

七月初四染指甲是当地的一种传统习俗，女子把凤仙花花瓣捣碎，然后在里面加上明矾，捣成粉末，然后把粉末涂在指甲上，在外面用豆角叶子包上，用线缠上，间隔一两个夜晚指甲就能染成红色。染出来的指甲颜色亮丽，就像琥珀一样的红色，几个月都不会掉色。

同时具有浓厚地域特色的，还有和顺县炸巧花的风俗。“巧花”又叫花花。一般来说，会选择几种面作为原料，白面、玉茭面等，用这些原料炸出来的花花，红白相间，相当好看，吃起来更是香甜美味。花花是七夕必备的供品，从七月初五到初六，每家每户还会做些面羊、捏花糕，用来祭祀。

乞巧是七夕节的重要内容，具有悠久的历史，形式更是多种

① 和顺县志编纂委员会编《和顺县志》，海潮出版社，1993，第 517 页。

多样。在和顺县，乞巧的形式丰富多彩，譬如在和顺流传的穿针乞巧。七夕节前后，女人们手里拿着彩线，对着月光来穿针，比赛谁先穿好针线，谁就算是得巧了。有时候还会提升乞巧的难度，就比如在迎风、光线暗的地方穿针。除此之外，还有蛛网乞巧的习俗，在供奉的瓜果上，看有无蜘蛛结网或根据结出网的密疏程度来判断输赢。假如说，在夜里有一种红色长腿蜘蛛在瓜果上织网，那么就被人们认为这是得到了织女的青睐，就是乞到了巧，蛛网就是获得巧慧的预兆。这里还有丢针乞巧的活动，就是说中午把一盆水晒在太阳下，水面上就会结上一层尘埃薄膜。如果这个时候把绣针投到水里，因水上结成的一层薄膜，绣针刚刚丢下去就会浮起来，根据在水盆下边的绣针的样子，预示女子心灵手巧的程度。

七月七日是人们最忙碌的一天，这天的活动有乞巧、祭祀、供奉和祈愿习俗。早上，人们结伴去天池边接水。因为人们觉得这天的水比较甜，喝了对身体有许多好处。人们又称这天的水为“双七水”。到了七夕这一天的晚上，人们带着鞭炮和供品到天池边椴树后祭祀。到了祭祀的时间，人们在院子朝南方向放上祭品，如煮好的毛豆之类的供奉，然后进行一系列祭拜活动。当晚还有占卜活动，通过占卜判断来年收成好不好。如果星星闪闪无遮挡，则收成好。村里孩子坐在老人身边，耐心听着讲了无数遍的牛郎织女故事，背诵着歌谣“划天河划天河，一道天河九道弯，头道窄二道宽，三道弯里跑战马，四道弯里能撑船，五道弯里种庄稼，六道弯里种庄田，七道弯里是庙宇，八道弯里会神仙，九道弯里长桃树，四颗酸来五颗甜”。

盛大的七夕仪式过后，村子里在七月初八到初九会举办婚礼庆典仪式。在当地，大家都说，七月初八结婚最吉祥、最幸福。许多年轻人选定七月初八这个良辰吉日，在牛郎织女相会的地方举行集体婚礼，天河池、天河梁、相思背等都是很好的选择。这一天，新人们互赠信物，拍摄结婚照片，并且亲手种下象征忠贞爱情之树的常青油柏。团委和妇联领导也会应邀出席，把最美好的祝愿送给新婚夫妇，希望他们像牛郎织女一样相亲相爱，和睦相处。

七月初九的唱戏是“七夕节”的一种酬神娱乐活动，当地人叫“唱敬神戏”。唢呐吹过开声过门后，演员必要吟诵一段韵文：“天河梁下一清泉，一棵椴树盖得严，谁要喝了天河水，能活长生不老仙。”“喜鹊好，喜鹊好，喜鹊展翅搭天桥，牛郎织女天桥过，不知天桥牢不牢？”众人齐声附和喊道：“牢、牢、牢！”现场气氛顿时活跃起来。和顺县艺术团排练演出的晋剧《鹊桥会》，将牛郎织女忠贞的爱情与人民的传统美德、淳朴的民风、秀美的山川融合在一起，展示了牛郎织女的悲欢离合、情切意绵，将“七夕节”的民俗活动推向高潮。

到了每年的农历七月十一，有情意的男女双方都会互赠信物。男的上山割荆条编织草筛，女的则缝制香荷包或者香络络，放入芬芳馥郁的药材，这种药材带在身上有辟邪的用处，同时也是男女之间表达爱慕和互相祝福的一种象征。

每年的农历七月十二是乞巧节展示自身手艺的时候。和顺县一直保留着这个风俗。在和顺，技艺精湛的人往往能获得众人的赞许，正如歌谣所说："天皇皇、地皇皇，俺请织女下天堂，不图你的针，不图你的线，光学你七十二样好手段。"女人们十分重视这个属于自己的节日，为了博得巧手的好名声，早早地准备好参展作品，为了拔得头筹更是用心刺绣。据说和顺县的妇女个个都是能工巧匠，多才多艺。七夕过后，妇女们都会把自己精心编织的手工艺品，比如以牛郎织女为模板造型的鞋垫、枕头套、布娃娃和牛郎织女图案的剪纸窗花等一一摆列出来，相互请教交流，展示自己的手艺。

七月十三有赛歌活动，"七夕节"民俗活动的又一主要内容则是"赛歌会"。农民歌手们用嘹亮的歌喉把和顺历史上各个时期的民歌尽情地展现在舞台上，唱出了人们对未来幸福生活的希冀。

"七夕节"又称"雨节"，传说牛郎织女相会，倾诉衷肠，会滴泪为雨，事实上七月七日前后，经常频繁下雨，故有"七月不出门"的说法。七夕过后，也是植树造林的好季节，全县的村民把"七月十四"作为全县的植树节。届时，不少情侣、夫妻到天河梁、相思背等山坡上种植树苗，并且将这些树苗冠以不同的名字：致富树、爱情树、夫妻树、情人树、金婚树……他们用自己的劳动和智慧，开启了爱情之门，点亮对生活的信念。

七月十五是和顺县牛郎织女习俗活动的最后一天，村民们在这天会放河灯，这项活动是流传已久的七夕民俗活动。南天池、牛郎峪一带，流淌着一条清河，据说这条河流曾是牛郎织女相遇的地方，也是后来织女洗衣服的地方。这一条七八里长的清河，水流潺潺，终年不冻，即使天干地燥的时候也不干涸。晚上，村里的年轻人在一块木板上点上蜡烛，再用红绿彩纸做成灯罩套在木板上，然后轻轻放入河中，让其顺流而下，人们称其为“放河灯”。一村接一村，河灯越来越多，汇集一起，明灯闪烁、五颜六色，与天上银河中的星星相互映衬，蔚为壮观。

（四）民谣中的七夕节俗

除了这些活动，山西还有许多关于牛郎织女的民歌、民谣、俗语等，大部分是代代口口相传保留下来的。当地百姓平时忙于农活，少有闲暇时间，人们在干活的时候会哼哼两句消遣，也算是日常生活中的一些娱乐，这些歌谣谚语内容质朴、生动而且充满想象力，可以说是当地老百姓情感与智慧的结晶。“民俗的独特性表现在它不仅仅是文化意识，而且是兼有文化意识和社会生活的双重特征。”[①]这些蕴含着牛郎织女传说的民间歌谣在当地民众的生活中一直发挥着重要的社会现实作用，不仅仅是美学思想与艺术情感的表达，更是当地民众凝聚精神、表达集体意识、形成社会秩序和巩固群体认同的文化体现。

比如在《中国歌谣集成·山西卷》中记载的黎城县《七月七乞巧歌》：

---

① 陈勤建：《文艺民俗学》，上海文化出版社，2009，第5页。

七、七，七月儿七，
我给巧娘娘送饭吃。
半路碰住他老爹，
他就叫我做对没窟窿老暖靴。

七、七，七月儿七，
我给巧娘娘送饭吃。
半路碰住她奶奶，
她就叫我给她和住面扑搅开。[①]
……

此歌为农历七月初一至初七日，未出嫁的姑娘乞巧的歌。这期间，村上的闺女们自愿结伙，从初一起，就将七仙女的图像挂起，设置香案，摆上供品，进行祈祷活动。每日三上香。下午七至八点要进行接巧，即在图像前上香后，每人手执一支香到村外的高台上接巧。一路上闺女们念着上述歌儿，到高台上又唱："上东坡，往西瞧，瞧着巧娘娘来送巧。什么巧？莲花瓣上菊花巧。散几散，和几和，三张表纸教生活；教不会，折手背，慢慢落落都学会。"磕过头回返时，一路上闺女们默默不语，到门口时马上又唱："门神爷，两圪杈，把我巧娘娘请坐下。"进家内随手将手中香插入

① 中国民间文学集成全国编辑委员会，中国歌谣集成山西卷编辑委员会《中国歌谣集成·山西卷》，中国 ISBN 中心出版，2009，第 269 页。

香炉内。到初七这一天，闺女们凡参加者，每人出白面一斤，捏成巧疙瘩，疙瘩为三角形，内包酸枣圪针。烧香化纸将巧娘送走后，闺女们分吃圪针馍，谁吃的馍内尖儿多，谁就巧。从初一起，凡参加乞巧活动者都要发麦芽，谁发的麦芽好，即预示着谁的头发好。到初七这天，闺女都将麦芽包扎在自己的发辫上[①]。

从歌谣的歌词文本、旋律、表演范式之中，我们可以发现，它们“由一些社会某个阶段流行的，尚未定型的一致的生活嗜好、趣味，某种一时的共同心态情绪等组成”[②]，经由牛郎织女传说得以连缀，呈一种稳定的结构状态，并能长期地流传，体现出极强的精神凝聚作用。

《中国歌谣集成·山西卷》记载闻喜县的《五谷山》是人们在七夕“拉牵牛”的游戏中会唱起的民谣：

芍药牡丹喜风莲，
朵朵鲜花中人看，
纤纤细手勾达勾，
牵牛花蔓嫩油油。
金莲碎步盈盈移，
轻妙婆娑如春水。

① 中国民间文学集成全国编辑委员会，中国歌谣集成山西卷编辑委员会《中国歌谣集成·山西卷》，中国 ISBN 中心出版，2009，第 269~270 页。

② 陈勤建：《文艺民俗学》，上海文化出版社，2009，第 97 页。

天旋地转裙带飞，
错落步儿下凡尘。

身穿绫罗锦衣衫，
头上百花正吐艳，
骑上枣红马，
身披绿鞍鞍，
手摇金丝鞭，
得儿驾，
我是七姐下了凡，
来到人间五谷山，
心中喜，走得欢，
人间果比天上鲜。①
……

每年七月初七，农家姑娘月夜聚会，拉手成圈，轻歌曼舞，歌颂男耕女织的农家生活。集体唱完第一节，“锵”！一声铜锣，在快速旋转中被拉倒了的姑娘，便成了此次拉牵牛的中心人物。“锵”！又是一声铜锣，她就被罚唱了。每唱完一节，另一个姑娘便接唱：“你是七姐下凡间，百姓齐拥赞，吉星高照人心暖，

① 中国民间文学集成全国编辑委员会，中国歌谣集成山西卷编辑委员会《中国歌谣集成·山西卷》，中国 ISBN 中心出版，2009，第 271~272 页。

赶快为民消灾难。”

民众借助民歌抒发、宣泄自己的情感，使平日经常处于劳苦、忧虑的内心得到补偿和平衡。民歌那种优美动听的词曲和旋律，也使人获得身心的放松和享受。民间歌谣审美娱乐的艺术功能与民俗活动“拉牵牛”结合起来，最终借以这些歌谣来获得表达情感、调节状态、丰富生活的效果。

三

文献与古迹

（一）文献记载

对于牵牛、织女星的记载，最早见于商周时期。《诗经·小雅·大东》中记载："维天有汉，监亦有光。跂彼织女，终日七襄。虽则七襄，不成报章。睆彼牵牛，不以服箱。"[①]牛郎织女传说自产生以来，其人物形象及故事内涵始终处于不断变化的动态过程之中，并逐渐与历史叙事、地理景观、风俗习惯、民俗语言等因素相结合。

湖北云梦睡虎地出土的战国时代秦简《日书》甲种第一五五简记录"取（娶）妻"忌日云："戊申、己酉，牵牛以取（娶）织女，不果，三弃。"[②]另一简文第三简简背也云："戊申、己酉，牵牛以取（娶）织女而不果，不出三岁，弃若亡。"[③]在虚

① 程俊英《诗经译注》，上海古籍出版社，1985，第 409~410 页。

② 吴小强《秦简日书集释》，岳麓书社，2000，第 108 页。

③ 吴小强《秦简日书集释》，岳麓书社，2000，第 113 页。

幻迷离的神仙世界，牛郎织女传说由最初的“天象之谈”逐渐丰富为拥有曲折离奇情节的神话故事，并不断发生着变形。

东汉张衡《西京赋》中记载：“乃有昆明灵沼，黑水玄阯。周以金堤，树以柳杞。豫章珍馆，揭焉中峙。牵牛立其左，织女处其右。”[①]此处以昆明池象征天河（云汉），牵牛织女神像立于左右。到了魏晋南北朝时期，牛郎、织女传说在一次次“裂变”与“重生”中已然形成，并且与七月七日这一特殊的时间节点相融合，如有了牛郎、织女为夫妻，两人隔银河相望，每年七月七日夜相会等情节。[②]南朝梁人吴均《续齐谐记》中就有织女嫁牛郎于七夕相会之记载：

桂阳成武丁，有仙道，常在人间，忽谓其弟曰：“七月七日，织女当渡河，诸仙悉还宫。吾向已被召，不得停，与尔别矣。”弟问曰：“织女何事渡河？去当何还？”答曰：“织女暂诣牵牛，吾复三年当还。”明日失武丁，至今云织女嫁牵牛。[③]

汉魏以后，董永行孝与天鹅处女型故事逐渐融入牛郎织女

---

① 萧统编；海荣、秦克标校，《文选》，上海古籍出版社，1998，第 13 页。

② 王永平《七夕家家乞巧忙——七夕节俗的起源与文化内涵》，《文史知识》2018 年第 8 期。

③ 王嘉等撰《拾遗记》（外三种）；王根林等校点，上海古籍出版社，2012，第 230 页。

传说体系之中，但有论者指出："前者充满了儒家道德说教的意味，后者的牛郎偷窃织女衣服而胁迫娶妻的手段，并不光明正大。"①

如曹植《灵芝篇》中即有关于董永故事的记载：

董永遭家贫。父老财无遗。举假以供养。佣作致甘肥。责家填门至。不知何用归。天灵感至德。神女为秉机。岁月不安居。呜呼我皇考。生我既已晚，弃我何其早。蓼莪谁所兴。念之令人老。退咏南风诗。洒泪满袆抱②。

此时的神女与织女并不完全一致，只是在天灵的安排下为董永"秉机"织布。到了晋朝，干宝《搜神记》中的神女与织女形象产生了重合：

汉董永，千乘人。少偏孤，与父居。肆力田亩，鹿车载自随。父亡，无以葬，乃自卖为奴，以供丧事。主人知其贤，与钱一万，遣之。永行三年丧毕，欲还主人，供其奴职。道逢一妇人曰："愿为子妻。"遂与之俱。主人谓永曰："以钱与君矣。"永曰："蒙君之惠，父丧收藏。永虽小人，必欲服勤致力，以

① 李鹏飞《古诗牵牛、织女典故考》，《民族文学研究》2013 年第 1 期。
② 逯钦立辑校《先秦汉魏晋南北朝诗》，中华书局，1983，第 428 页。

报厚德。”主曰：“妇人何能？”永曰：“能织。”主曰：“必尔者，但令君妇为我织缣百匹。”于是永妻为主人家织，十日而毕。女出门，谓永曰：“我，天之织女也。缘君至孝，天帝令我助君偿债耳。”语毕，凌空而去，不知所在。①

宋人所著《锦绣万花谷》卷四引张文潜《七夕》，较为生动详细地记载了牛郎织女的故事：

人间一叶梧桐飘，蓐收行秋回斗杓。神官召集役灵鹊，直渡银河云作桥。桥东美人天帝子，机杼年年劳玉指，织成云雾紫绡衣，辛苦无欢容不理。帝怜独居无与娱，河西嫁与牵牛夫。自从嫁后废织纴，绿鬓云鬟朝暮梳。贪欢不归天帝怒，谪归却踏来时路。但令一岁一相见，七月七日桥边渡。别多会少知奈何，却忆从前恩爱多。匆匆万事说不尽，烛龙已驾随义和。桥边灵官晓催发，令严不管轻离别。空将雨泪作滂沱，泪痕有尽愁无歇。我言织女君休叹，天地无穷会相见，犹胜姮娥不嫁人，夜夜孤眠广寒殿。②

---

① 本条见《太平广记》五九，引作《搜神记》。本事见《法苑珠林》六二引刘向《孝子传》，亦见《太平御览》八一七引自《孝子传》、敦煌本《孝子传》。参见干宝撰《搜神记》，汪绍楹校注，中华书局，1979，第 14~15 页。

② 不著撰人《锦绣万花谷》，上海古籍出版社，1991，第 48 页。

明清以来，牛郎织女传说经过六朝及唐宋的发展，故事被赋予更为深刻的情感与意义。[①]如明人陈耀文《天中记》卷二引《小说》[②]曰：

天河之东有织女，天帝之子也。年年机杼劳役，织成云锦天衣，容貌不暇整。帝怜其独处，许嫁河西牵牛郎，嫁后遂废织纴。天帝怒，责令归河东，但使一年一度相会。[③]

明人陈耀文《天中记》卷二引《荆楚岁时记》云：

牵牛娶织女，取天帝二万钱备礼，久不还，被驱在营室。[④]

《天中记》卷二引《独异志》中关于织女侍儿梁玉清、卫承庄的故事：

秦并六国，太白星窃织女侍儿梁玉清、卫承庄，逃入卫城

① 王永平《七夕家家乞巧忙——七夕节俗的起源与文化内涵》，《文史知识》2018 年第 8 期。

② 明人冯应京《月令广义》卷十四《七月令》初七日也引《小说》，文字相同。明人颜文选为唐人骆宾王《骆丞集》作注时，在卷二注引南朝梁任《述异记》中也有大致相同的记载。

③ 陈耀文撰《天中记 上》，广陵书社，2007，第 60 页。

④ 陈耀文撰《天中记 上》，广陵书社，2007，第 59~60 页。

小仙洞，四十六日不出。天帝怒，命五岳搜捕。太白归位，卫承庄逃焉。梁玉清有子名子休，玉清谪于北斗下，常春，其子乃配于河伯，骖乘行雨。子休每至小仙洞，耻其母淫奔之所，辄回驭。故此地常少雨。①

清代徐珂的《清稗类钞》中记载了陈炜卿的七夕诗：

余杭女史陈炜卿，名尔士，为嘉兴给事中钱仪吉之妇，尝赋七夕诗，命意最高。诗云："梧桐金井露华秋，瓜果聊因节物酬。却语中庭小儿女，人间何事可干求。"②

古诗中经常引用牛郎织女传说，主要可以分为三种类型：其一，单把织女作为天宫之神女来描写；其二，借牛郎织女传说诉说分离之幽情；其三，如《迢迢牵牛星》以牛郎织女故事为题材。

第一种类型如汉乐府《艳歌》：

今日乐上乐。相从步云衢。天公出美酒。河伯出鲤鱼。青龙前铺席。白虎持榼壶。南斗工鼓瑟。北斗吹笙竽。姮娥垂明

① 陈耀文撰《天中记 上》，广陵书社，2007，第 53 页。
② 徐珂《清稗类钞（第 1 册）》，中华书局，1986，第 40 页。

珰。织女奉瑛琚。苍霞扬东讴。清风流西歈。垂露成帷幄。奔星扶轮舆。①

到了《淮南子·俶真训》有了更加热烈浪漫的想象：

若夫真人，则动溶于至虚，而游于灭亡之野，骑蜚廉而从敦圄。驰于外方，休乎宇内，烛十日而使风雨，臣雷公，役夸父，妾宓妃，妻织女，天地之间，何足以留其志？②

在第二种类型中，将牵牛织女的分离作为典故写入诗作中。如曹丕的《燕歌行》借北方思妇之口称："明月皎皎照我床，星汉西流夜未央，牵牛织女遥相望，尔独何辜限河梁"③。

陆机的《拟迢迢牵牛星》将牛郎织女传说作为题材进行创作：

昭昭清汉辉。粲粲光天步。牵牛西北回。织女东南顾。华容一何冶。挥手如振素。怨彼河无梁。悲此年岁暮。跂彼无良缘。睆焉不得度。引领望大川。双涕如沾露。④

① 逯钦立辑校《先秦汉魏晋南北朝诗》，中华书局，1983，第289页。
② 张双棣《淮南子校释》，北京大学出版社，1997，第187页。
③ 逯钦立辑校《先秦汉魏晋南北朝诗》，中华书局，1983，第394页。
④ 逯钦立辑校《先秦汉魏晋南北朝诗》，中华书局，1983，第686页。

第三种类型在前文中已有较为详细分析，在此不做赘述[①]。

① 参见本书关于牛郎织女传说的嬗变的论述。

（二）古迹景观①

牛郎织女的传说故事在各地都有流传，其起源地也有诸多说法，与牛郎织女有关的景观遗迹在各起源地也有差异。本书重点对山西和顺古迹景观进行阐述。山西和顺作为牛郎织女故事起源地之一，这里的村落景观都承载着它的故事传说。南天池村、牛郎峪、南天门、天河梁、磨子峪等物质载体，使这里的牛郎织女传说存在一种空间的传承性。和顺南天池一带流传的牛郎织女故事具有强烈的原生态特征，牛郎织女故事与当地男耕女织的生活形态、民间信仰相融合，与大量古地名、景观相切合，口口相传，已历七代。

① 李超：《牛郎织女传说的在地化研究：以和顺县南天池村一带的牛郎织女传说为个案》，硕士学位论文，山西师范大学民俗学专业，2012。

牛郎峪村

牛郎峪村依山傍水，十分幽静，风景秀丽。贯彻落实新农村建设的规划，牛郎峪村整体拓展到公路旁。牛郎峪距离南天池村不远，民风淳朴，气候宜人，地理环境独特，村民们能耕善织，能歌善舞，邻里和睦，夜不闭户，天下大同。牛郎峪不到三十户人家，约有一百一十口人、一百八十亩耕地，村民们靠种地为生，与南天池相比，牛郎峪村的地形更为平坦。

南天池村

南天池村，又名天马池，海拔 1450 米，山中植物密集，绿树成荫。在村子东面1公里处，有一道海拔 1900 多米的天河梁横亘南北，气势宏大，犹如一道屏障，将南天池村与世隔绝，形成相对封闭的“世外桃源”，天河梁南端峭崖壁立，落差千米。该地气候宜人，水资源丰富，拥有众多天然资源。山路崎岖，道路狭窄，只能容纳一辆车通过，可以说路况极其不好，很少有车辆从这里通过。在南天池村，有很多与牛郎织女相关的遗迹，成为七夕民俗活动传承与发展的空间载体，如：南天池、南天门、牛郎沟、牛头山、牛郎庙、织女庙等。

南天池、南天门

南天池村的天河梁上有座巨石砌成的拱形门楼，大家称其为南天门。位于村西北 1.5 公里处，天河梁北端，这里是仙女下凡、牛郎前往南天池，以及王母娘娘派天兵天将下凡的必经之地。

传说，南天门是天界与凡界的分界，是天上神仙下凡的必经之路。几千年前，这里森林茂密，每年春夏至初秋时节，天河梁上云雾蒙蒙、烟气腾腾。这里终年风调雨顺，环境封闭，既没有闹市的喧嚣，也没有饿殍饥民的哀号，只有一汪清泉闪着碧玉般的波光，万籁寂静中偶有鸟鸣鹊唱。优美祥和的环境，吸引了众神仙到此洗沐、休憩。在很长一段时间内，南天门由千里眼和顺风耳把守，没有玉皇大帝的旨意，各路神仙不能随意出入。后来，牛郎织女在这里相识相爱，他们居住在牛郎沟中，常从南天门经过，走到天河梁下的天河池去洗沐。

原来的南天门十分宏大显著，南天门基石，门墙长 20 多米、厚约 2 米，门拱高 4.5 米，经历百年的洗礼，石基上锈色斑驳。至于它修筑于何时、因何而筑已经无人知晓。但我们从它的外观可猜测，修筑年代至少在明清时期。目前还没有见到有关南天门的创修的记载，建筑工程如此宏大，又位于人烟稀少之地，人们何苦花费如此精力？结合当地的牛郎织女传说，也可以推断出南天门与牛郎织女传说的关系。

牛郎沟、牛头山

从原牛郎峪村至南天门之间，有一条南北偏西走向的山沟，这条沟便是牛郎沟，牛郎沟是牛郎曾经放牛的地方，沟中有“饮牛池”与“牛郎故居”两个遗址。沟内山水秀丽，草木旺盛，溪水潺潺，常年不涸，两处池塘山泉汪汪，是牛郎饮牛的地方。两侧坡地生长着多种乔木与灌木，当地实行退耕还林、退耕还草后，生态环境明显改善，幽静的山谷、清新的空气加上美丽的传说，以及便利的交通与相对集中的景点，成为许多人避暑游览的首选之地。牛头山位于天河梁南端，呈东西走向，传说老牛死后就埋葬在这里。

牛郎庙、织女庙

据村里的老人说，牛郎庙和织女庙完全是由村民用石片、石块自行垒砌而成的，之后在牌位上写上牛郎织女的姓名，并放在小庙里进行供奉。从这种自发性的行为中，我们可以看出当地民众对牛郎织女传说信仰的虔诚。

天河池

天河池位于村东南边，与天河山相通相连，传说仙女们经常到这里来洗澡戏耍。大山压住仙女河之后，河水只能从山石缝中流出，然后流入天河池中，再顺着池东边的豁口流入峡谷，流向平原。天河池里的水终年不竭，池水幽静碧绿，缓缓流淌，水池旁有一株古椴木树冠，树荫遮住了半池碧水。天河池相传是当时织女下凡洗澡的地方，织女下凡来到南天池时，经过南天门，一路走到这里，看到这里池水清澈，池旁还有一棵枝叶茂盛的大椴树，池边花草散发着香味，顿时被这里的景色吸引，情不自禁地跳入水中，欢快地洗起澡来，因此百姓们又叫天河池为洗澡池。

后来织女下凡与牛郎结婚的事情被王母娘娘知晓，王母娘娘大怒，派出天兵天将下凡前去捉拿织女，天兵天将走到天河池的时候，已是人困马乏，见到这池清泉，便纷纷落在池边，牵着天庭的神马去饮水，所以天河池也被称为天兵天将饮马池。村民认为天河池非常有灵性，据说有一年适逢大旱，一滴雨也没有下。天河梁一带土地龟裂，树木枯萎，庄稼绝收，百姓的日子一天不如一天。于是，村民们到天河池祭祀以求雨水，祭祀仪式由村里老人主持，在村民中选出一个头戴官帽之人，然后由一位农民扮成水草爷陪同着到池边祷告。仪式结束后，水草爷突然仰头自语，说今天下午必定会下大雨，当时人们听了也只是半信半疑。到了下午，仍然是万里无云，晴空当照，正当人们满腹怀疑的时候，突然一朵黑云从西边飘来，不到一袋烟的工夫，乌云越聚越密，刹那间布满了天空，接着一个惊天动地的响雷，倾盆大雨随即而至，百姓们欢呼雀跃。大雨过之后，万物复苏，地里的庄稼也挺起了“腰杆”，人们欢呼雀跃。后来人们还把这里叫作“灵仙宝地”，在当地的民间戏曲说唱中还流传着一些关于牛郎织女传说的韵文，有一则韵文唱道：“天河梁下一清泉，一棵椴树盖得严，谁要喝了天河水，能活长生不老仙。”

金牛凹、金牛洞、牛郎山

传说中的金牛凹是牛郎的舅舅青似海居住的地方，牛郎在父母去世后，就搬到这里和舅舅同住。

金牛洞距金牛凹不到二百米，有两条小道可以相通。金牛洞是一个仅几米深的天然石洞，洞外草木遮蔽，很难被发现。站在洞内顶部眺望，天河池、老椴树以及南天门、南天池村等尽收眼底。据说牛郎赶着老黄牛到山上放牛，走到天河梁山腰的金牛洞时，发现天空中飘来一片彩云，在天河池上空缓缓停了下来，只见一位美丽的仙子从里面走出，然后跳入天河池泉水中去洗澡。牛郎赶忙牵着老牛藏进洞中，透过洞口的树丛向外看。一个时辰过后，仙女洗完澡，又驾着彩云飞上天了。从此以后，牛郎每天都牵着老黄牛上山，只要看见彩云飘来，就会躲进金牛洞中偷偷观望，所以牛郎山因此而得名。

天河梁

天河梁，也叫天河山，是太行山中麓南北走向的一道山梁，它把南天池包围在中间。东南坡平缓，宜于登临，一般体力几十分钟便可登顶。初夏至深秋季节，这里牧草茂密，百花盛开，一丛丛橡树林枝繁叶茂，其间栖息着野兔、野鸡等动物，每当有人登山经过丛林，常常会惊起几只野鸡、野兔。

当地老人们说天河梁是牛郎织女分别的地方，因此天河山也叫分别山。牛郎担着孩子追赶织女，王母娘娘看到牛郎就要追上，为了阻止他，就用簪子一划，在牛郎面前划出一条天河，将他们永远分开。牛郎只能隔河向天边望去，期待有朝一日能与织女相聚团圆。后来因为太上老君和众位神仙求情，王母娘娘才答应每年七月初七让牛郎织女相聚一次。因此每年一到了七月初七，成群的喜鹊就会搭桥，让他们一家人团圆。牛郎织女可以相聚到七月十五，然后又天各一方。天河梁养育着一代又一代南天池村民，天河梁上每一处山石、岩洞、草木、泉水，在南天池村民眼中都充满了无尽的魅力，都有着令人神往的故事传说。

相思背

据说牛郎织女相会的地方是相思背。织女回到天庭后日日思念牛郎和两个孩子，但也不敢违抗天规去看他们，只能苦苦相思，每天以泪洗面，日渐憔悴。这份真情感动了千里眼、顺风耳，他们想要帮助织女，可是又怕织女下凡以后一去不返，玉皇大帝怪罪下来他们承担不起。于是他们计划把牛郎带到天庭，这样既能解决织女的相思之苦，又不会触犯天规，两全其美。商议之后，顺风耳负责把守天庭，千里眼腾云驾雾去牛郎峪找牛郎。“你可是牛郎？”千里眼问眼前这个十分沮丧的人。可牛郎根本听不到，他正沉浸在思念织女的悲伤中。“你可是牛郎？”千里眼提高了声音，这下牛郎终于听到有人在喊他，立马站起身，回答道:“嗯，我是，不知尊驾是哪位？找我有何事？”

“我是天庭的千里眼，想见织女的话就跟我走吧。”牛郎听了非常激动，跟着千里眼来到小河边，千里眼带着牛郎飞到天庭。顺风耳见到眉清目秀的牛郎，心想：“这就是让织女朝思暮想的人。”“织女在哪里？”牛郎急切地问道。顺风耳说：“她在那座山上，好几天都没吃过东西了，你快去看看她吧！”千里眼将牛郎带到山上，嘱咐他说：“你去织女那里吧，记住快去快回啊。如果被玉皇大帝知道，事情可就不妙了。”牛郎轻轻走到织女身边，看到织女出神的样子，心里又是欢喜又是心疼。牛郎喊着织女的名字，眼泪忍不住地涌出来；织女慢慢回过头，当她看到牛郎的时候以为自己在做梦。而后，两人紧紧抱在一起，互相倾诉着思念之苦。俗话说纸包不住火，织女与牛郎相会的事最终还是被玉皇大帝知晓，千里眼和顺风耳也因此被牵连，受到了惩罚，而织女依然每日在那座山上守望着，思念着她的牛郎。

后来相思背就成为那座山的名字。现在村里的青年男女谈情说爱时，都要去那座山上，希望让牛郎织女保佑他们的爱情能天长地久。

花山与哪吒塔、八仙洞

因为山上的花草旺盛，人们踩上去就像踏在棉毯上一样，所以取名为花山。这里漫山遍野生长着各种各样的花草，四季盛开，花香鸟鸣。相传这里是神仙们赏花的地方。花山上草木旺盛，与周围其他山梁相比尤为稠密，想必是与山腰上的八仙洞有关。山顶上耸立的哪吒石塔全部用山石垒就，石块之间严丝合缝，甚为缜密，石块上苔绿青黛，一看便知已有百年以上的历史。塔腹有一洞，可容人蹲坐，内有残盆陈米，当为百姓祭祀所为。塔顶上插着一根桃木，尖分三股枝杈，形如三叉戟，久历风雨，傲然挺立。

传说哪吒塔有两个作用，一是保护南天门，二是保护村民，以免百姓受到妖魔的侵扰。很久以前，玉皇大帝派哪吒下凡，在这里镇守南天门，防止妖怪侵犯，哪吒曾在这个塔住过，后来哪吒被召回天庭，这座石塔还留有哪吒的灵气。当地老百姓十分敬畏这座石塔，家家户户聚集起来结成社，推选社首，并轮流坐“庄”。三年一小庄，五年一大庄，希望哪吒可以继续保佑这里风调雨顺。坐“庄”时很讲究，由社首主持仪式，要在塔洞内放一盆米、一盆水、一只大公鸡。据说有一年人们没有坐庄，那年的夏秋之际，下了一场冰雹，把即将要收获的庄稼打得七零八落。从此以后，人们再不敢懈怠，继续轮流坐庄，至今这个风俗仍没有被遗忘。

在花山东侧的山腰间有个天然形成的溶洞，人称八仙洞或仙人洞。这里终日雾气弥漫，洞的四周百花丛生，树林茂密，是一个美丽的地方。相传八仙选择在这里进行修炼。太白金星及其他仙友也常来这里做客，夸赞此地是修身养性的好去处。据说很久以前，南天池村居民由八大姓氏组成，这八大姓恰好与八仙的姓氏相同，后来随着人口迁移，村内只剩下李、郑、乔、赵等姓氏。

塔岭

在许多民间传说中都有托塔李天王的身影。天王塔是托塔李天王李靖的兵器，关于塔岭的来历有两种说法，其一为天庭派李天王下凡捉拿织女回宫时，天王刚到南天池，就遇到风婆阻止，在与风婆斗法的过程中，惊动了观音大士。观音大士看到他们的争斗，便从净瓶的柳枝上摘了一片柳叶，向空中弹去，顿时，风婆的口袋被封住，李天王的宝塔也飞到一块大石头上，二人的争斗平息下来，后来人们把宝塔飞落的地方叫作塔岭。另一则传说，李天王从天庭下到凡间，前来捉拿织女，由于赶了很远的路，疲惫不堪，又遭到八仙张果老放驴扬尘迷了眼，手里的宝塔有些拿不住，他索性就把宝塔放在一边休息一下，他这一放，塔岭上的山石都被压成碎石，现在塔岭这个地方，仍然有许多碎石乱瓦。

南天池村塔岭的所在地，地表大部分是裸露在外的页岩，老百姓可开采石片用作石桌、石板房顶等。原存的天王塔，在“文革”中已被拆除。

驴打滚

驴打滚是一座山的名字，这座山上花草繁茂，是牛郎织女曾经放牛的地方。有一天，他们夫妻赶着老黄牛上山，老牛在一边安静地吃草，牛郎与织女相偎坐在山梁上有说有笑，甚是幸福。八仙看到这对有情人终成眷属，心中也为他们高兴。然而，八仙掐指一算，算到织女有难，王母娘娘会派天兵天将下凡捉拿织女，再过一个多时辰就要到了。八仙们七嘴八舌地议论起来，怎么办呢？这时张果老说：“不用着急，我自有妙计。”说罢，骑着驴到了山上。走着走着，突然驴停下来，不管张果老如何赶，如何拉，就是不动。张果老问：“驴儿啊，你是不是走累了，想在这里歇歇啊？”驴儿点点头。张果老说：“那你就在这地上打几个滚吧。”这时，捉拿织女的天兵天将已经到，只见张果老的宝驴在地上打了几个滚，扬起漫天黄土，遮天蔽日。紧接着，宝驴又从地上站起来，抖了抖身上的土，仰起脖子放声长吼，震得山摇地动、天昏地暗，天兵天将都被这突如其来的一声吼叫惊得失了神，又被漫天的烟尘迷了眼，听也听不清，看也看不明，没有办法，只好狼狈地逃回天庭。就这样，牛郎织女躲过一劫，后来人们把这座山叫作驴打滚，沿用至今，不曾改变。

老牛口

南天池村天河梁的东南端有个老牛口，它是一座形似牛头的山崖。传说老牛口是金牛大仙居住的地方，也是金牛大仙救过织女的地方。那时，天兵天将下凡捉住仙女，要将其带回天庭，途经这里时遇到金牛大仙，金牛大仙为救织女，便与天兵天将展开大战。最后，金牛大仙张开大口，连喷三口仙雾，把天兵困在雾中，救出织女。

簪峪

簪峪也叫磨子峪，这个名字源于王母娘娘磨金簪、划天河的故事。天兵天将下凡把织女押回天庭，牛郎闻讯担上两个孩子前去追赶，织女拼命挣脱，牛郎奋力向前追，再加上八仙诸神在一旁的相助，眼看就要追上织女。这时，王母娘娘拔下头上的金簪，挥手向空中一划，空中出现一道白云，然而并没有阻挡住牛郎。王母娘娘恼怒，用力将金簪在一块巨石上磨了磨，金簪迸出的火焰把巨石燃烧成赭红色，又挥手往空中划去，顿时，一道波涛汹涌的天河阻挡在牛郎面前。牛郎只得停下脚步，泪流满面地望着渐渐远去的织女。后来，王母娘娘用金簪划出的天河化成了现在的天河梁，天河梁背后的那道山谷就叫簪峪，老百姓也把它叫作磨子峪。现在峪中还留有王母娘娘磨金簪的痕迹。

喜鹊山

相传许久以前，天河梁东南侧有座大山，山上树木茂盛，山水景色美不胜收。在每年的七月初七早上，所有喜鹊都会消失不见，七月初八的早上，人们发现喜鹊又都回来了，而喜鹊山上落满了喜鹊毛。许多喜鹊头上光秃秃、湿漉漉的，显得十分疲惫。原来，它们在初七晚上都飞到天河上为牛郎织女搭鹊桥，让他们团圆。喜鹊山曾经林木茂盛，千百年来由于人们砍柴伐木，今仅存灌木草丛。登上喜鹊山远眺，天河梁、南天门、天河池、牛头山等景点一览无余。如今天河梁一带仍然栖息着成群的喜鹊，它们分散在杨树、槐树上做窝，每至七月初七，这里的喜鹊照例消失得难觅踪影。

双龟石

南天池村东部有座怪石林立的山梁，裸露的奇石形态各异，形成一道独特的风景，为南天池村增添了迷人的魅力。传说，从前南天池是一片大湖，天上的仙女时常下凡来湖中玩耍。那时，湖中居住着两只万年老龟，老龟渐渐地喜欢上了仙女，每当仙女嬉水时，它们就在不远处默默地看着。

有一天，仙女下凡的事，被玉皇大帝知道，玉帝命托塔李天王前来捉拿。托塔李天王刚从云中落地，便遇到前来打抱不平的风婆，两人大战了半天，风婆实在斗不过李天王，渐渐退到一旁。两只大龟一看，怎么能让自己喜欢的仙女受苦呢？于是它们慢慢浮上湖面，想要暗中帮忙，没想到，风婆使出她的法宝——大布口袋，顿时，狂风大作，飞沙走石，湖中的水也被吹开，两只大龟一下露了出来。李天王一看，这还了得，风婆好对付，又跑出来两只老龟想要帮忙，真是岂有此理，连忙使出法术，将两只老龟变成石头。

后来，仙人湖被毁坏，湖水干涸，露出那两只石龟。直到今天，它们还静静地趴在地上，伸着脖子向天上望去。

笸箩凹

青家寨与杏树湾村间西南，有一山凹，四周缓高，中间低落，状如笸箩，村人称为“笸箩凹”。传说牛郎与织女结为夫妻后，牛郎牧牛时，织女常常相随，并带了针线笸箩给牛郎纳鞋垫。杏树湾村前山后长满杏树，织女怀有身孕后，到杏树湾摘杏吃，把针线笸箩留在山坡，形成笸箩这种山势，笸箩凹由此而得名。织女心慧手巧，针线技艺超凡，为村妇所慕。人们为了体现对牛郎织女爱情的向往和追求，和顺民间至今保留着每逢男婚女嫁时，邻里亲友为新人准备鞋垫的习俗。

杏树湾、桃树沟

杏树湾位于青家寨村东面，因村前山后长满杏树而得名。而青家寨村西有一处山坡叫桃树沟，又因长满桃树而得名。传说每到桃杏丰收之际，织女就跟牛郎牧牛至此，摘取桃杏吃。青家寨的村民们经常听老一辈人念叨："王母娘娘生了气，拔下金簪划天河，牛郎划在河东岸，织女划在河西岸，但等七月七来相会，百鸟架桥，夫妻见面泪涟涟。"又说："划天河、划天河，一道天河九道弯。头道窄，二道宽，三道弯里能放牛，四道弯里能撑船，五道弯里庄稼汉，六道弯里能耕田，七道弯里是庙宇，八道弯里会八仙，九道弯里长桃树，五棵甜来四棵酸。"

葫芦垴

沿着牛郎沟缓缓而上，在南天池、相思背的下面，有一山头叫"葫芦垴"。其山势甚为奇特：两头粗宽，中间细窄，酷似过去女人做针线用的针线葫芦，故称"葫芦垴"。传说牛郎织女成亲之后，过着男耕女织的幸福生活。牛郎在牛郎沟放牧，织女陪伴在牛郎左右，经常做一些针线活，二人夫唱妇随，相濡以沫，后来织女被王母娘娘强行带回天宫，织女做针线的针线葫芦遗留在“牛郎沟”，形成现在的“葫芦堖”。

“民俗实践的核心是认同的构建和维系，民俗研究的核心是对认同的研究；因为群体认同的核心是共享的民俗，并且对此共享的民俗的认同也构成不同群体互动和新传统形成的驱动力”。[①]围绕牛郎织女传说的文化叙事与景观，重在依附于真实地理景观之上的对“我者”叙事的建构。和顺的牛郎织女传说对于民众而言，是民众日常生活的参与者，同时也形塑着当地的“文化认同”。

① 张举文：《民俗认同：民俗关键词之一》，《民间文化论坛》2018 年第 1 期。

四

文化内涵

2006年以来，随着各地对牛郎织女传说起源地的争夺愈演愈烈，学界的研究也从以往对其形成、流变、主题的研究模式转移到了对传说起源地的探究。这种研究取向凸显了各地学者和民众对牛郎织女传说价值的再认识。“各地对于传说起源地的争夺，所展示的是乡土传统作为地方文化资源背后所附载的经济价值与符号价值，而在全球化时代，这无疑已经成为地方社会重构的重要工具。”①

① 郭俊红：《地方文化视域中的牛郎织女传说研究述评》，《民间文化论坛》2017年第4期。

（一）哲学内涵

星辰崇拜

牛郎织女传说最早起源于星辰崇拜，是人们将牵牛星和织女星神化和人格化的产物。[①] 星象对于人间的意义，主要在于其授时功能，它标志着节令的转换和农耕的时序。有论者指出，牵牛、织女二星的命名显然源于农耕文明时代的男耕和女织[②]。“牵牛星已经具有农耕社会生活的象征；织女星则被看作是人间女红兴废的标志。所谓男耕女织正好代表了传统自然经济社会里典型的生

① 傅功振、樊列武：《长安斗门牛郎织女传说考证与民族文化内涵》，《民俗研究》2008 年第 2 期。

② 同上。但也有研究者提出不同观点，如吴晓东提出蚕马神话在流传过程中，马变异为牛，形成了蚕牛神话，并进一步演化为牛郎织女神话。关于牵牛星和织女星的命名的混乱多变证明原来与牛郎织女神话无关。吴晓东《蚕蜕皮为牛郎织女神话之原型考》，《民族文学研究》2016 年第 2 期。

产和生活方式。”[1] 因此，在牛郎织女神话的形成过程中，人们将对自然天体星辰的崇拜与人类社会的生产与生活联系在了一起。

天人合一

牛郎织女传说的成形是在汉代以后。《古诗十九首》中的《迢迢牵牛星》应被视作牛郎织女爱情化的最早记载。《迢迢牵牛星》使牛郎织女传说完成了世俗化、爱情化的第一步，这与汉代的哲学思想是密不可分的。在汉代以前，就已经有了“天人合一”的思想，《庄子》和《易经》两部著作提出了天、地、人三者是相应的，认为天地乃万物之父母，并强调三才之道，将天、地、人并立起来，并将人放在中心地位，这就说明人的地位之重要。汉代董仲舒提出了“天人感应”思想，认为人的形体、血气、德行、好恶、喜怒、受命分别化天数、天志、天理、天之暖清、天之寒暑和天之四时。人与天，在感情、理义等方面是相通相连的。“如此一来，汉代的宇宙观就走向了世俗化，人文精神就走向了天道自然化。”[2]汉代以后，在儒家文化浓郁的地区，统治阶层尤为提倡孝道，“牛郎织女”与孝子董永的故事完成

① 王永平：《七夕家家乞巧忙——七夕节俗的起源与文化内涵》，《文史知识》2018 年第 8 期。

② 徐磊：《民艺研究的事象论思考——兼谈“牛郎织女”的事象论解读》，《山东社会科学》2009 年第 4 期。

"嫁接"，从而形成了今天中原地区牛郎织女传说的大致轮廓。牛郎织女传说传入少数民族地区后，又受当地地域文化和民族文化的影响，形成带有民族特色的传说文本[①]。

神秘数"七"

"神秘数'七'是一种世界性的文化现象，反映出民族文化上的相似性和相异性。"[②]而七夕节俗与女性关系甚密，有的地方甚至称其为"少女节"，如河南《宜阳县志》所载："七月七夕为女节，陈瓜果，祀天孙以乞巧。"陕西蒲城等地，是日将出嫁闺女接回娘家。牛郎织女传说，在后来的民间口头流传中，增加了拥有神力的老牛教牛郎在七月七日王母娘娘外孙女下凡洗衣裳时把第七个仙女晾的衣服拿走迫其为妻的情节[③]。而在《天仙配》的故事中，明显突出了"七仙女"的身份。对于神秘数"七"与女

---

① 如裕固族民间传说《树大石二马三》中的小伙子马三在发现三只鸽子脱去鸽皮变成美貌女子之后，马三烧去了她们的鸽皮来阻止她们离开。而撒拉族民间传说《阿腾其根·麻斯睦》的情节类似于牛郎织女传说，阿腾其根·麻斯睦藏起了姑娘五彩的羽衣而使姑娘成为自己的妻子。土族《黑马张三哥》中更增加了关于仙女思凡的情节描绘，"天堂好是好，可是人间情事胜天堂"。

② 张竞艳：《从神话及宗教信仰解析神秘数字"七"》，《民族文学研究》2008 年第3 期。

③ 老牛说："明天七月七了，南天门开呀，王母娘娘的外孙女要来这里洗衣裳哩。你在这里打西往东数，看准末梢第七个，那就是织女。你将她晾的衣裳偷偷拿了，不要还给她；还衣裳的时候，你吼三声老牛，我就来啦。"参见孙剑冰采集《天牛郎配夫妻》，上海文艺出版社，1983，第104 页。

性之间关系的研究，有论者指出与中医里“以七指女”“以八指男”有关，即所谓“七损八益”之说。《黄帝内经·素问·上古天真论》中亦有记载：

> 女子七岁，肾气盛，齿更发长；二七而天癸至，任脉通，太冲脉盛，月事以时下，故有子；三七肾气平均，故真牙生而长极；四七筋骨坚，发长极，身体盛壮；五七阳明脉衰，面始焦，发始堕；六七三阳脉衰于上，面皆焦，发始白；七七，任脉虚，太冲脉衰少，天癸竭，地道不通，故形坏而无子也。[①]

此类信仰折射到民间文化层面，便形成了我国特有的女性与数字“七”相伴而生的独特的文化内涵。

---

①张灿玾，徐国仟，宗全和校释《黄帝内经素问校释》，中国医药科技出版社，2016，第4页。

（二）文学内涵

许多诗词歌赋中都记载了不同时期的牛郎织女传说和相关的七夕节俗描写，表达了各种各样的情感和愿望，我们从这些诗词中可知牛郎织女传说故事的演变和发展。至今，在许多的文学和影视作品中，我们还能发现许多有关牛郎织女的传说，影响范围广泛。这些文学作品、诗词歌赋的流传，不仅使牛郎织女故事较完整地保存下来，还融入了丰富的想象力和创造力，具有独特的魅力，在我国文学史上经久不衰。

牛郎织女传说在后世大致具有两种传统、两个维度、两种形态的发展[①]。两种传统是文人传统和民间传统，两个维度是爱情维度和政治维度，两种形态是浪漫想象的神话形态和浪漫想象与民间叙事兼容的传说形态。文人传统最典型的是诗歌，文人们通过诗歌题咏，对牛郎织女的真挚爱情作了不尽的叹惋。

① 伏涤修：《古代戏曲对“牛郎织女”与“董永遇仙”传说的不同接受》，《戏剧（中央戏剧学院学报）》2014 年第 5 期。

在这些诗歌中，爱情维度被彰显，牛郎织女成为挚爱男女的代表和象征，文人们通过诗歌题咏对牵牛与织女的神话进行了诠释与解读。如曹丕《燕歌行》、杜甫《牵牛织女》、白居易《七夕》、范成大的《宿东寺二首》等。词作中也多有此类篇章，如宋代词人秦观的《鹊桥仙·纤云弄巧》[①]：

纤云弄巧，飞星传恨，银汉迢迢暗度。金风玉露一相逢，便胜却、人间无数。　　柔情似水，佳期如梦，忍顾鹊桥归路。两情若是久长时，又岂在、朝朝暮暮。

这首词作记述了发生在牛郎织女之间凄美的爱情故事，赞美了牛郎织女对爱情的忠贞不渝，至今仍是青年男女互致爱慕之情的常用词句，成为有情人互表心迹的誓言。

还有的祈求婚配如意，夫妻恩爱，爱情永驻。如杜甫《牵牛织女》[②]诗曰：

牵牛出河西，织女处其东。万古永相望，七夕谁见同。神光意难候，此事终蒙胧。飒然精灵合，何必秋遂通！亭亭新妆立，龙驾具曾空。世人亦为尔，祈请走儿童。称家随丰俭，白屋达公宫。

① 文学鉴赏辞典编纂中心编《秦观诗词鉴赏辞典》，上海辞书出版社，2016，第 47 页。

② 杜甫：《中国古代名家诗文集·杜甫集》，黑龙江人民出版社，2005，第 106 页。

膳夫翊堂殿,鸣玉凄房栊。曝衣遍天下,曳月扬微风。蛛丝小人态,曲缀瓜果中。初筵裛重露,日出甘所终。嗟汝未嫁女,秉心郁忡忡。防身动如律,竭力机杼中。虽无姑舅事,敢昧织作功。明明君臣契,咫尺或未容。义无弃礼法,恩始夫妇恭。小大有佳期,戒之在至公。方圆苟龃龉,丈夫多英雄。

诗中描写了一位未出嫁的少女在七夕之夜,忧心忡忡,希望通过蛛丝乞巧的手段使自己心灵手巧,以便将来能够赢得公婆的欢心,夫妻恩爱,婚姻幸福。

在小说创作中,明代万历年间《牛郎织女传》四卷,全名《新刻全像牛郎织女传》,卷端下题“儒林太仪朱名世编,书林仙源余成章梓”[①]。《牛郎织女传》的情节主要还是依据前人的记录敷衍而成。明代冯应京《月令广义》卷十四《七月令》引“小说”中的故事记载和清代褚人获《坚瓠集》卷二引《述异记》类似,《牛郎织女传》的故事情节与他们的记述基本吻合,可能就是据之写成的。清代曹雪芹所著《红楼梦》中有很多与七夕有关的故事情节及人物,如元妃、晴雯、巧姐、林黛玉、史湘云等,都隐喻着一种悲情。如第十八回中写到的“乞巧”,出自清代戏曲家洪昇的《长生殿》,据脂批可知,此处乃是借用杨贵妃的悲剧命运,暗伏“元妃之死”。其他诸如第四十回,薛姨妈行酒令时所说“织

①《古本小说集成》编委会编《古本小说集成(第3辑)》,上海古籍出版社,2017,第1页。

女牛郎会七夕”[1]，第七十八回宝玉在祭奠晴雯的《芙蓉女儿诔》中所说“楼空鸩鹊，徒悬七夕之针；带断鸳鸯，谁续五丝之缕”[2]等，都是化用了乞巧节和牛郎织女的典故。

随着牛郎织女故事的广为传播，人们逐渐在故事中加入了社会性内容，故事中世俗化成分越来越多，民间传统特征越来越明显。由于我国古代社会以男耕女织的小农经济为主，牛是男耕的主要工具，女子则是织布的主体，故牵牛与织女的故事很自然地与男耕女织联系在了一起，牛郎织女传说中也就具有了古代农业社会中耕男织女象征与代表的符号意义。

① 曹雪芹：《红楼梦》，人民文学出版社，1982，第558页。

② 同上书，第1133页。

（三）民俗内涵

在中国节俗文化中，依托牛郎织女传说产生的七夕是一个非常独特且具有地方性特色的节日。在其传承过程中，各种文化相互交错，表现出鲜明的农耕文化传统和对性别文化的认同。“南北朝之后，七夕由农耕和祭祀型节日，逐渐演化为以女性为主角，以乞巧为主题的乞巧节或女儿节。”①

七夕节俗形成于汉代，最初，牛郎织女传说体现的是中国农耕文化和对星辰的信仰崇拜观。此时的牛郎织女是作为星辰出现，它体现了中国传统文化的丰富意蕴，具体表现为：其一，牛郎织女神话在汉代形成，体现了神话产生的原始心理模式；其二，牛郎星、织女星的命名，体现了古人的农耕信仰和星辰信仰；其三，牛郎织女神话经过长期的流传演变，历代民众对其不断地进行加工、创造，可见民众对它的喜爱程度之深，从而体现了民众在现实生活中对理

① 陈华文：《七夕：一种积淀着民俗文化历史的符号》，《中国艺术报》2014年8月22日第S4版。

想的追求，以及丰富的文化意蕴。到了唐代，宫廷自民间学习乞巧的习俗[1]，由加以扩大变化，如“以蛛网稀密为得巧之候，在梁朝已有，但彼时是置瓜果伺蜘蛛结网，此则云‘提蜘蛛闭小盒中’，有所不同。又‘结彩缕，穿九孔针’之习，在梁朝只是妇女用彩缕，即彩线穿针，唐宫却是以彩锦扎楼台，然后大家上楼台饮酒作乐，又以五彩线对月穿九孔针”。相对于唐宫七夕习俗，宋代两京市民的七夕习俗具有浓厚的市井文化特色。宋代七夕有一种泥塑玩偶“摩睺罗”：

> 七月七夕，潘楼街东宋门外瓦子、州西梁门外瓦子、北门外、南朱雀门外街及马行街内，皆卖磨喝乐。乃小塑土偶耳，悉以雕木彩装栏座，或用红纱碧笼，或饰以金珠牙翠，有一对直数千者。禁中及贵家与士庶为时物追陪[2]。

七夕节庆，至宋代可说是鼎盛空前，元明以后，逊色不少，唯因地区不同，而奇俗者。如穿针习俗已有所沿革，据胡朴安的《中华全国风俗志》所载，福建、湖南、陕西、安徽等省份，仍然是月下穿针。但北平、苏州等地，却是以绣针浮水而乞巧。

现在，我们还能看到一些地方保留着较为完整的七夕民俗。

---

① 参见陈鸿《长恨歌》中“秦人风俗”。

② 孟元老撰《东京梦华录》，中州古籍出版社，2010，第 151 页。磨喝乐：宋元时的习俗，七夕供一土偶，取佛教中的一种神摩睺罗伽的名字，亦写作摩睺罗、摩喉罗、摩侯罗、磨喝乐、魔合罗等。吴自牧《梦粱录》卷四“七夕”一节亦载。

如山西和顺县七夕节：七月初一到初二迎织女，七月初三生豆芽，七月初四染指甲，七月初五到初六，每家每户都会做些用来祭祀的面羊和花糕，七夕节前后，举行形式各异的乞巧活动，如对月穿针、蛛网乞巧、丢针乞巧等活动。再如长安斗门的牛郎织女传说及七夕乞巧风俗[①]。

这些形式多样的乞巧活动，很大程度上反映了中华民族的劳动观念、爱情观念、家庭观念，不仅仅体现了农耕民族对传统幸福生活的向往与追求，也推动着七夕节演变成精神的内在动力。

如供奉摩睺罗这一风俗，源于佛教，传入中国后逐渐演化，使原来的佛教人物变成了天真童子的形象，并成为七夕节供奉牛郎织女的玩偶。其民俗功能是“乞巧”和“宜男”，有多子多福、祈佑吉祥安乐圆满之意。南宋时期，“七夕晚间，尚有儿童手持新荷叶仿‘摩睺罗’的风俗”等。

而女性在七夕节通过“蛛丝乞巧”“月下穿针”“掷巧针”等乞巧形式，祈求的是巧手技艺，目的是通过自己的手艺获得更幸

---

① 傅功振、樊列武：《长安斗门牛郎织女传说考证与民族文化内涵》，《民俗研究》2008年第2期。（1）祭拜石婆（织女石像）：这一天来祭拜石婆的妇女特别多。既为了祝贺石婆石爷他们今天的团聚，同时也祈祷自己家庭和睦、夫妻团圆，永不分离。（2）耍巧娘：七月七这天村民们用麦草扎成一个装扮十分漂亮的巧娘。一妇女领着姑娘娃们抬着巧姑游街串巷，谓为耍巧娘。（3）乞巧：七夕晚，人们供奉着巧娘，用一块大布把所有趴在地上的女娃们一盖，一个妇女跪在旁边，用簸箕扇，其他妇女在两旁磨碗，有一个娃就站起来像石婆附身一样并说，要传授大家巧艺。（4）赛巧：民间从六月六开始生巧芽，用大麦、小麦、豌豆、扁豆、谷子等（象征五谷）生巧芽，放到阴凉的地方，每长高半尺就用红绳扎在一起。

福的生活。有的地区祈愿还有规定，不能超过三个愿望，这些都体现了民众对独立自强、勤劳善良精神的推崇。

七夕蕴含了中华民族丰富的文化内涵，更能够反映出具有中国特色的民族文化。七夕节俗展示了民众对忠贞爱情的向往、对人生幸福的追求、对祖先恩德的感念等丰富的文化内涵，也展示了中华民族自强不息、孝悌为本、勇敢坚韧的精神世界。从乞巧、乞子到乞巧习俗的转变，揭示了我国各族人民的生活价值及目标：通过辛勤的劳动、努力奋进，战胜困难，追求健康的爱情观、婚恋观和道德观。

在当前的社会语境之中，人们所遵从的价值体系正在渐渐被改写，无法再向人们提供关于自身行为的合法性论述。现代性带给人们的是一种非连续性的生活方式，在这种处境下的人们感受到的是延续感的缺失以及身份的游弋。那些被现代所裹挟的个体记忆在寻找一个场所，一个能够延续那些神话印迹的真实场域去维持个体记忆的连续性。而作为中国四大传说之一的牛郎织女传说及有传说产生的七夕节日表现了天人和谐的理想追求、圆融自然的万物观、真挚感人的爱情观，其深厚的历史渊源和广泛的现实基础，是我们寻回那些植根于渐渐消逝的“英雄、神话和起源混一的时代”[①]记忆。

---

① 皮埃尔·诺拉主编《记忆之场：法国国民意识的文化社会史》，黄艳红等译，南京大学出版社，2015，第 4 页。

我们应当看到，牛郎织女传说所承载的除了爱情[①]之外，还有自强不息、勤劳坚韧以及对团圆美满的希冀等积极意义。在神话和民俗的双重视野下，重新审视牛郎织女传说生成的多元文化语境、趋向及审美形态，经由民众的参与，带来一种文化的建构感与参与感，形成新的文化认同，打破了“神话—世俗”界域的限制，在这个意义上，牛郎织女传说具有一种超越性的价值。民间传说作为一种无形的记忆之场经由民俗仪式成为一种有形的记忆之场，承载着人们追求美好生活的集体记忆，增强了中华民族共同体意识。

① 有论者指出：中国的七夕节形成于汉代，盛于宋代，至清代几近消亡，其文化没有被继续传承下去，至当代则转变为情人节。张勃：《从乞巧节到中国情人节——七夕节的当代重构及意义》，《文化遗产》2014 年第 1 期。

参考文献

著作

1. 程俊英译注 . 诗经译注 [M]. 上海 ：上海古籍出版社，1985.

2. 陈泳超 . 中国牛郎织女传说·民间文学卷 [M]. 桂林 ：广西师范大学出版社，2008.

3. 贾芝、孙剑冰编 . 中国民间故事集 [M]. 北京 ：作家出版社，1958.

4. 连波、查洪德校注 . 沈佺期诗集校注 [M]. 郑州 ：中州古籍出版社，1991.

5. 孙剑冰采集 . 天牛郎配夫妻 [M]. 上海 ：上海文艺出版社，1983.

6. 吴小强撰 . 秦简日书集释 [M]. 长沙 ：岳麓书社，2000.

7. 刘义庆著，刘孝标注，余嘉锡笺疏 . 世说新语笺疏 [M]. 北京：中华书局，1983.

8. 钟敬文 . 钟敬文文集·民间文艺学卷 [M]. 合肥 ：安徽教育

出版社，2002.

9. 钟敬文等 . 名家谈牛郎织女 [M]. 北京：文化艺术出版社，2006.

10. 张双棣 . 淮南子校释 [M]. 北京：北京大学出版社，1997.

11.〔法〕皮埃尔·诺拉 . 主编记忆之场：法国国民意识的文化社会史 [M]. 黄艳红等译 . 南京：南京大学出版社，2015.

学位论文

1. 邓未 . 元明清时期牛郎织女流变研究 [D]. 西北师范大学硕士学位论文，2014.

2. 李超 . 牛郎织女传说的在地化传承研究——以和顺县南天池村一带的牛郎织女传说为个案 [D]. 山西师范大学硕士学位论文，2012.

3. 邱琦 . 传统七夕节演变历程与现代转型 [D]. 中南民族大学硕士学位论文，2012.

4. 徐磊 . 面向民间与主流的文化内在整合——论“牛郎织女”的历史文化隐喻 [D]. 山东大学博士学位论文，2010.

期刊

1. 杜汉华 .“牛郎织女”流变考 [J]. 中州学刊，2005（4）.

2. 伏涤修．古代戏曲对“牛郎织女”与“董永遇仙”传说的不同接受[J]. 戏剧（中央戏剧学院学报），2014（5）.

3. 傅功振、樊列武．长安斗门牛郎织女传说考证与民族文化内涵[J]. 民俗研究，2008（2）.

4. 郭俊红．地方文化视域中的牛郎织女传说研究述评[J]. 民间文化论坛，2017（4）.

5. 黄泊沧．略谈牛郎织女故事的异文[J]. 民间文学，1985(7).

6. 李鹏飞．古诗牵牛、织女典故考[J]. 民族文学研究，2013(1).

7. 刘锡诚．试论牛郎织女传说圈——地理系统的研究[J]. 明间文化论坛，2015（4）.

8. 徐磊．民艺研究的事象论思考——兼谈“牛郎织女”的事象论解读[J]. 山东社会科学，2009（4）.

9. 许艳文．论汤显祖戏曲的言情观——兼论明清戏曲发展[J]. 长沙大学学报，1999（1）.

10. 王永平．七夕家家乞巧忙——七夕节俗的起源与文化内涵[J]. 文史知识，2018（8）.

11. 吴晓东．蚕蜕皮为牛郎织女神话之原型考[J]. 民族文学研究，2016（2）.

12. 张勃．从乞巧节到中国情人节——七夕节的当代重构及意义[J]. 文化遗产，2014（1）.